# FANELI,

## OU

## LES EGAREMENS

## DE L'AMOUR.

DRAME EN CINQ ACTES.

### PAR

# MADAME \*\*\*.

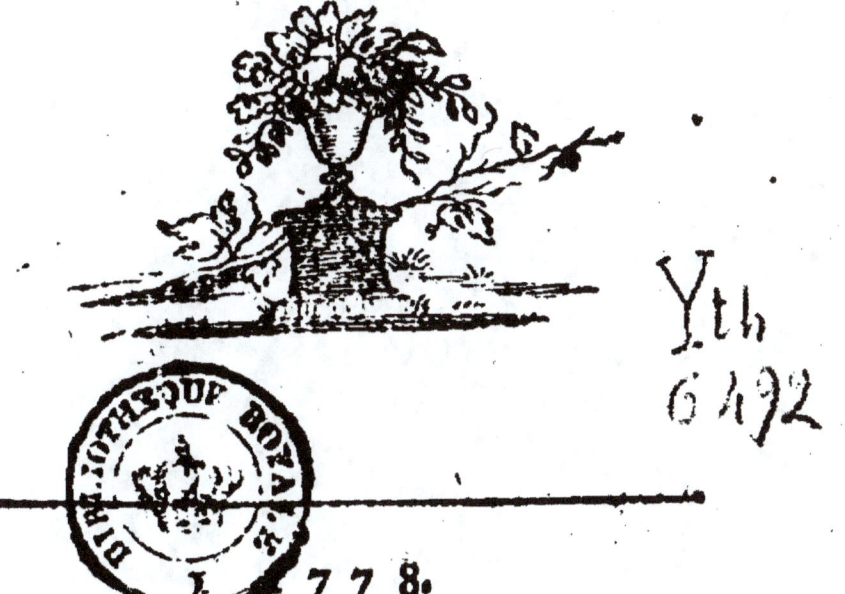

1778.

# Acteurs.

Milfort.
Faneli  -  *Epouſe de Milfort.*
Jenni  -  *Leur fille.*
Sophie  -  *Seconde femme de Milfort.*
Norton  -  *Ancien ami de Milfort.*
Courland  -  *Ami de Milfort.*
Adelſon  -  *Frere de Faneli.*
Betſi  -  *Suivante de Faneli.*
Belton  -  *Valet de Chambre de Milfort.*
Trois laqua  de Milfort.

La Scene ſe paſſe dans une maiſon de Campagne qui appartient à Sophie.

# Acte premier.

Le théatre reprefente un falon.

## Scene I.

### Milfort, Belton.

#### Belton.

Je vous l'ai dit, Milord, fans Jenni, Faneli ne peut vivre ; foumife à vos loix, aucun cri, que celui de la nature, n'échape de fa bouche ; elle adore la main qui la frappe : & ce matin encore, elle me dit du ton le plus touchant ; Belton, je ne t'en veux point de la rigueur extrême.   Dis à Milfort que mourante loin de lui, dans fon cruel exil Faneli n'exifte que pour l'adorer.   Je veux paffer pour morte aux yeux de l'Univers fi je ne le fuis pas tout à fait dans fon cœur ; mais qu'il m'accorde au moins dans mon malheur affreux, la douceur d'embraf-

A                                         fer

ser le gage d'un amour autrefois si parfait.
Ah, Milord, je n'ai pu résister je viens vous
conjurer de lui rendre sa fille : en voyant sa
douceur & son amour pour vous, il s'est
elevé en moi des mouvemens qui m'ont rendu coupable envers mon maître. Je déteste
d'etre le complice d'un attentat tramé contre la vertu même ; & au moment ou je
m'accuse, mes larmes coulent malgré moi.

## Milfort.

Malheureux ! tu oses encore venir aug-
menter mes douleurs. (à part.) N'ai-je
pas assés des remords de mon cœur ? . . . .
Sophie ! . . . Sophie ! C'est toi, ce sont tes
charmes qui m'ont rendu odieux l'objet le
plus aimable. Mais que dis-je ? . . . .
C'est Faneli, c'est elle qui troubla mon bonheur. Sans elle, de Sophie depuis longtems j'aurais été l'époux. Cette idée seule
ralume toute ma haine. (à Belton.) Que
Jenni cependant soit conduite a Williams ;
mais pour quelques heures seulement. Milady la verra, mais elle la verra sous tes
yeux. Veille à ce qu'il n'échappe aucun

mot

mot qui tende a trahir mon fecret, il y va de ma vie; fonges y, & fouviens toi que tu m'as offenfé! . . . Garde toi. . . . (*à part.*) Quel meffage! tandis que la joye la plus vive . . . (*haut.*) Ne dis cependant pas un mot à Milady des reproches que je lui fais d'avoir été un obftacle à mon bonheur, pars; fois toujours auffi fidele mais plus prudent. ( *il fort.* )

# Scene II.

## Belton.

Qui eut jamais penfé feulement ce que nous ofons entreprendre? Mon maître marié depuis quatre ans avec Faneli, s'en dégoute. La confine dans un vieux chateau qu'il a dans les environs de Londres, l'a fait paffer pour morte, & qui pis eft; j'apprens aujourd'hui qu'il eft remarié . . . . Plus j'y penfe, plus je crains les fuites de cette affaire. Mon maître aveuglé par fon amour pour Sophie n'entrevoit pas le danger qu'il court. Qui fait même s'il ne fe tirerait pas d'affaire la chofe venant a fe découvir? Mais moi, pau-

vre

vre valet! en ferai-je quitte à fi bon mar-
ché? le moins qu'il puifle m'arriver, c'eft
d'être pendu . . . Courage cependant. Un
peu d'effronterie. Pour éviter le danger, il
faut le braver. Allons, courrons exécuter
les ordres d'un maître qui rofle auffi bien
qu'il récompenfe. *( il fort.)*

# Scene III.

## Sophie , Milfort.

### Sophie.

En vain tu veux me fuire, je te fuivrai partout. As tu donc des chagrins que je ne
puifle partager? J'arracherai enfin ce fatal
fecret, qui répend fur tes jours une
langueur cruelle & injurieufe pour mon
amour. . . . . Pardon, cher Milfort, fi je
t'offenfe par mes reproches; mais mon cœur
eft trop plein de douleur, il doit fe répen-
dre dans le tien. Dis, cher Epoux, qui
peut troubler des momens, qui devraient
être feuls confacré aux charmes d'une ten-
dreffe mutuelle. (*Milfort marque beaucoup*
*d'a-*

*d'agitation.*) Mais que vois je? tes peines redoublent: Il femble que ce foit moi qui les aggrave. Ah! par pitié! Si jamais je te fus chere, ne t'obftine point à garder un filence qui me tue.

## Milfort.

(*vivement.*) Ah, Sophie!... (*à part.*) Qui, en la voyant, ne deviendrait coupable? (*haut.*) Cher Epoufe, tu fais combien je t'aime; ne déchire point un cœur ou tu règnes uniquement. (*à part.*) Ah! Sophie que de vertus tu me fais haïr!... (*haut.*) Laifle un malheureux... Que dis-je? malheureux!... non, je ne le fuis pas. Je te pofféde; (*à part.*) mais à quel prix!...

## Sophie.

Eft-ce toi qui veux m'en impofer? tu éludes mes queftions, tu t'éfforces à prendre un air tranquille, & ton front eft chargé des plus noirs foucis.

Mil-

### Milfort.

(*à part.*) Tachons de la tranquillifer. (*haut.*) Des affaires de famille . . . des Procès . . . des pertes. . . .

### Sophie.

Ah! que je ferais heureufe, fi c'étaient là les feules de tes peines! Avec quelle patience je partagerais ton infortune! Mais, non : je connais mon époux, ces revers n'abatteraient pas fon ame. C'eft elle qui fouffre, c'eft ton cœur qui eft déchiré, quelques bleffures fecrettes . . . tu frémis! . . .

### Milfort.

Ah! c'en eft trop. Je n'ai plus la force de fupporter le tourment ou je fuis. Sophie, épargne ton Epoux. Crois ce que je t'ai juré mille fois. . . . (*Voyant entrer Courland.*) Mais voici Courland. Laiffe moi te quitter. Il faut que je lui dérobe ma douleur. (*il fort.*)

Scene

# Scene IV.
## Courland, Sophie.

**Courland.** *(après avoir vu sortir Milfort.)*

Qu'a donc le cher Milfort? . . . il m'évite,
il me fuit. Est il donc toujours livré à sa
mélancolie? . . . possédant une femme aussi
jeune, aussi belle, devrait il connaître cette
maladie? . . . Ah! j'y suis . . . Serait-il
atteint d'un peu de jalousie? Etant amant,
je lui aurais passé cette folie; mais marié,
Fidonc! cela n'est pas du bon ton.

### Sophie.

Ah! Courland, cessés de plaisanter. L'é-
tat de votre ami m'inquiéte de plus en plus.
Quelque chagrin secret le dévore, & le mi-
ne peu à peu. Ah! s'il vous est cher, sau-
vés le de lui même, arrachés lui son secret:
il accordera peut être à l'amitié ce qu'il
craint d'avouer à ma tendresse.

### Courland.

Mais voila du sérieux! & je ne plaisante
plus . . . Voyons, consultons. . . . Mais

A 4

plus

plus j'y penfe, je ne vois point quel peut être le fujet de fa tristesse. Milfort n'est pas joueur, il ne peut avoir fait des pertes confidérables. Il n'aime que vous. j'en fuis bien assuré.

## Sophie.

Ah! fa tendresse pour moi ne s'est jamais démentie; & je n'ai d'autre reproche à lui faire que le peu de confiance qu'il me montre aujourd'hui.

## Courland.

Je m'y pers . . . Ces accès lui prennent ils fouvent ? . . .

## Sophie.

Cette tristesse, qui d'abord m'a allarmée, redouble de jour en jour. Milfort n'est plus le même ; fi je voyais fon amour ralenti pour moi, en fefant parler ma tendresse, je pourrais me flatter au moins de ranimer la fienne. Il ne doute point de mon cœur, il n'est point jaloux, il aime, il est aimé, il le fait . . . & il est malheureux.

Cour-

## Courland.

Son état me parait étrange. Cherchons
y du reméde. Un peu de diffipation contri-
buera peut être à fa guérifon. Je viens lui
propofer la plus jolie partie!... Laiffés
m'en le foin. Il faut que fon mal foit bien
tenace pour réfifter à la gaieté de Courland.
Fiés vous en, Madame, à un homme qui
ofe difputer la feconde place dans fon cœur.
Rentrons: je lui propoferai ma partie; & le
plaifir qu'il y prendra, s'il ne le tire pas de
l'état horrible ou il eft, pourra du moins le
foulager. ( *ils fortent.* )

# Scene V.

## Milfort.

Je me fuis en vain, les remords cruels me
pourfuivent. Que m'eut dit qu'en poffédant
Sophie je pourrais être encore malheureux?... ah Dieu!... Sentimens dou-
leureux, qui déchirés mon cœur, laiffés moi
du moins refpirer. (*Il fe jette dans un fauteuil fur le devant du théatre.*)

A 5              Scene

# Scene VI.

## Courland, Milfort.

**Courland.** (*dans le fond du théatre sans voir Milfort.*)

Je croiais trouver Milfort dans son appartement, mais il en est déja resorti. Je n'y conçois rien. Cherche t-il peut être à m'éviter? il a beau faire, il faut que je lui parle. (*il fait quelques pas, & apperçoit Milfort rêvant profondement dans le fauteuil.*) Mais le voici. . . . (*il fait quelques pas pour aller à lui, puis il s'arrête.*) il ne voit rien, n'entend rien.

**Milfort.** (*avec douleur.*)

Ah Ciel ! . . . .

**Courland.** (*à part.*)

Cet homme est tout à fait hors de lui, écoutons & examinons-le; peut être pourrai-je pénétrer son secret. (*il avance doucement derriere le fauteuil.*)

Mil-

### Milfort. (*se croiant seul.*)

Elle m'aime, elle adore un époux qu'elle croit honnête, vertueux ... helas ! un jour elle me haïra, elle m'abhorrera. Et toi, malheureuse Faneli, toi que j'aimais autrefois, que j'ai cruellement trahie ; viens, victime innocente que j'ai sacrifiée à mon coupable amour; viens, arrache moi ce cœur, qui est sensible pour un autre que pour toi: c'est cette sensibilité qui a fait son crime ; viens le percer de mille coups. . . . . La vie est mon plus grand supplice. . . . (*après un long silence.*) Tendre Sophie, adorable amante, je t'entraine avec moi dans le fond de l'abyme ... Ah! j'ai rendu malheureux tout ce qui me fut cher. Sophie, Sophie même, l'idole de mon cœur, je ne l'ai point épargnée. . . . Jenni, aimable enfant, tu détesteras un jour ton trop coupable pere. . . . Ah! tu maudiras dans celui qui t'a donné le jour l'assassin de ta mère. Cette pauvre Infortunée que je fais passer pour morte, vit dans son triste exil, y languit dans la douleur: & les larmes qu'elle répend impriment à chaque pas

qu'elle

qu'elle fait vers la tombe. l'atrocité de fon bourreau. (*il fe leve avec fureur & apperçoit Courland.*) Ciel! que vois-je? Courland m'écoute! ah! j'ai trahi mon fecret. . . .

## Courland.

Milfort, dois-je croire tout ce que je viens d'entendre? tout ceci furpaffe l'idée que je m'étais formée fur ton humeur noire. Mais fais tu que tu joue gros jeu, de te faire veuf avant que ta femme foit morte, & qui plus eft en époufer une autre. (*froidement.*) Ecoute, mon cher, je fuis ton ami, mais la chofe eft trop férieufe pour que je m'en mêle. Ceci pourrait avoir des fuites fâcheufes; & en honneur, fi Faneli reparait fur la fcene par quelque hazard fatal; toute mon amitié ne pourra te fauver.

## Milfort.

Ah! Courland, tu m'as furpris mon fecret. . . . tu me connais . . . fi tu es encore mon ami, tu ne m'abandonnera pas. Et puifque le hazard t'a fait connaître le chagrin qui me ronge, il faut que tu en fache

toutes

toutes les circonstances passées & à venir.
Ecoute moi : mon malheur, si c'en est un
de voir Sophie, m'a fait connaître cette jeune
Française. Son esprit, ses talens, ses graces,
enfin tout ce qui peut captiver le cœur d'un
honnête homme, m'a rendu le plus scélérat
de tous les Epoux. Je vivais heureux avec
Faneli. Ses vertus (tu les connais) fesaient
le bonheur de mes jours, & mes tendres
soins fesaient le sien. Mais sitot que j'eus
connu Sophie; cet amour si tendre, qui liait
le cœur de Faneli au mien, s'est changé en
une haine affreuse qui m'a fait oublier tout
ce qu'elle a sacrifié pour moi, tout jusqu'aux
droits de la nature. Sophie me sachant marié ne voulait point m'écouter, & plus elle
m'accablait de rigueurs, plus ma haine aug-
mentoit pour Faneli. Enfin lassé de l'obstacle
qui s'opposoit à mon bonheur, je pris l'affreuse
résolution d'éloigner mon Epouse.

### Courland.

*(Il doit paraître pendant le couplet précédent*
*occupé de quelque projet.)*

Mais dis moi. Dans quel endroit l'as tu
reléguée?

Mil-

## Milfort.

Je vais te le dire. Je fuppofai un voyage que je devais faire avec elle, & je la conduifis dans un vieux chateau que j'ai près de Villiams.

## Courland.

(*à part.*) Bon! je n'aurai pas loin à aller.

## Milfort.

Il y avait dans ce chateau un concierge que j'envoyai par précaution dans une autre de mes terres, j'y enfermai enfuite Faneli fous la garde de Belton qui m'eft affidé; & je donnai à Faneli une jeune fille pour la fervir. Je revins donc à Londres, & répandis le bruit que ma femme était morte. J'ai gagné par argent celui qui pouvait l'attefter légalement. Tout réuffit enfin felon mes defirs. Je portai mon amour aux piés de Sophie, & elle me donna fa main. Maintenant le remords m'accable, la crainte que tout ne fe découvre ne me laiffe aucun repos, Faneli étant fi près de Londres. J'ai donc réfolu de la faire partir fécrettement &

de

de la faire conduire par Belton dans une
erre éloignée dont je viens de faire l'achat
ous un autre nom; elle sera aussi obligée
e changer le sien, & elle finira la le reste
e ses jours malheureux.

### Courland.

Et quand comptes tu la faire partir?

### Milfort.

Aujourd'hui, ou demain au plus tard.

### Courland.

Oui, tu as raison. Le plutot vaut le
mieux. (*d part.*) Mon projet réussira.

### Milfort.

Courland, je compte sur ta discrétion
omme sur tes secours.

### Courland.

(*d part.*) Oh! je te secourrerai, je t'en
éponds. (*haut.*) Tu ne dois point douter
ombien tout ceci me surprend. Il est cer-
ain que jamais je n'aurais pu deviner ton
secret.

secret. Le coup eſt hardi : tu dois en avoir prévu toutes les conſequences , & tu t'es ſans doute muni d'adreſſe pour parer les évenemens, ou de conſtanee pour les ſupporter. Quant à moi je ſuis charmé que Faneli ſoit vivante ; je ſuis auſſi charmé que tu poſſéde Sophie. Tout eſt bien dans le meilleur de monde poſſibles, diſait le doċteur Pengloſe, & c'eſt là ma Philoſophie. Tu le ſais . . . mais . . .

## Milfort.

Ceſſe de m'accabler par des vaines terreurs. Laiſſe moi ; cher ami, ſubir ma deſtinée. Je ne veux rien prévoir ; arrive ce qu'il pourra. Sophie m'appartient, & je ne penſe qu'a mon bonheur préſent . . . Le ſort en eſt jetté. Je ne te dis qu'un mot qui te fera connaître à fond mes ſentimens, & qui devroit même regler ta conduite à mon égard. Ecoute : ſi la choſe n'était point faite, & que Dieu m'apparut armé de la foudre, & qu'il me dit Je conſens que le lit nuptial ſoit dreſſé pour toi ; mais ma foudre doit frapper au reveil de Sophie ; je

m'écrim'écrirais avec transport: je fuis l'epoux de phic.

## Courland.

Je me garderai bien, Milfort de m'oppo-fer à ce transport; ce ferait vouloir arrêter un torrent dans fon cours. Mais je regrette de ne pouvoir refter près de toi dans ces momens critiques et dangereux, pour te donner des confeils. La fortune ne rit pas à tout le monde: elle t'a mis dans les bras de ta Maîtreffe, et elle m'éloigne de mon ami.

## Milfort.

Que veux tu dire? . . quoi tu pars? Cet incident me paraît bien précipité et bien imprévu. Il me fait faire de profondes re-flexions. Dis moi, Courland; l'idéé de ce voyage ne ferait elle pas venue par hazard de puis que tu as découvert mon fecret? (*froidement*) il eft des gens dont le coup d'oeil réfléchi prévoit jufqu'au moindre dan-ger. Il eft beau d'être ami, mais il ne faut pas fe compromettre. L'amité eft une fort onne chofe, mais notre repos doit paffer

B                    avant.

avant. (*en le fixant*) Que pense tu de ces Maximes? . . . au reste, si c'est la le motif de ta conduite, je n'ai rien à te reprocher, si non de m'en avoir fait mistére; il ne faut pas rougir d'être prudent. Pour moi, je rends hommage à ta prévoyance; je ne l'envie point; Mais je l'applaudis.

### Courland.

Tu prens toujours les choses au grave, mon cher Milsort. Maintenant que la possession de Sophie t'a délivré de tes maux réels, voila que tu mets tous tes soins à t'en créer de chimeriques. Quand je t'oppose la nécessité de mon voyage, qui en éffet est indispensable plûtot que de croire à ce motif, qui n'a rien de chagrinant, tu aimes mieux t'en forger un autre qui te tourmente. . . . Mais adieu; je ne puis m'arrêter plus longtems. Je n'aurai peut être pas le tems de te dire adieu. Donne moi de tes nouvelles bien exactement ou bien, non: ne m'écris pas, je serai de retour incessamment. (*il sort*)

### Scene

## Scene VII.

### Milfort.

Voila donc cet ami si tendre et si parfait, sur le quel je comptais uniquement! faut il que mon fatal destin me ravisse jusqu' à la douceur d'avoir un ami? Norton, le seul qui me reste, m'abandonnera sans doute, lorsqu'il apprendra mon funeste secret qui ne peut pas demeurer caché . . . cependant je le connais génereux, il m'est trop attaché pour ne point avoir pitié de mon sort; il me consolera. Mais il est aux Indes, & ne reverra sa Patrie peut être de longtems . . . s'il revenait, aurai je le courage de me présenter à lui? Cet ami de la vertu verrait peint sur mon front le signe affreux du crime. Oui; je crains sa présence, l'ascendant de sa vertu m'accablerait. . . . L'homme devrait bien consulter son coeur avant de se livrer aux passions effrénées. La mienne aujourd'hui m'ôte jusqu' au moindre repos, et me fait rougir de moi même.

B 2                    Scene

## Scene VIII.

### Milfort, un Valet.

#### Le Valet.

Un courier, Milord, vient d'apporter cette
lettre.

#### Milfort.

Donne . . . . . (*regardant l'addreſſe il
paraît déconcerté*) C'eſt de Norton . . . .
Que vais je apprendre? . . . . Je desire le
voir auprès de moi . . . . et ſon arrivée
m'effraie . . . . ah! l'état affreux que celui
d'un coupable! . . . . Ouvrons . . . (*il ouvre la lettre avec crainte, & lit*) „à la fin me
„voila de retour du nouveau monde . . . .
(*il s'effraie porte la main ſur ſon front, &
après avoir été un moment dans cette attitude
il continue*) „J'ai recueilli des richeſſes im-
„menſes et je viens en jouïr à Londres ma
„Patrie.  J'aurais préféré le Midi de la
„France à cauſe du climat;  mais la lége-
„reté françaiſe me déplait ſouverainement,
„& j'ai renoncé a cette idée.  La mort t'a
„ravi une Epouſe belle,  aimable et ver-
                                    „tueuſe

„tueufe dit on. C'eft une perte, mon ami;
„on ajoute que tes perfécutions ont haté
„fa mort; mais je n'en crois rien, pour ne
„pas te méprifer. Quand je fonge cependant
„à ton caractère violent, emporté... Tiens,
„le faible que j'ai toujonrs eu pour toi, ne
„m'a point empêché de voir tes défauts,
„et... tu n'en manques pas. Mais n'en
„parlons plus, pleure ton époufe puisqu'elle
„était eftimable. Pleure la furtout fi tu
„étais coupable envers elle. J'ai appris
„par ta derniere lettre que tu étais remarié.
„Si ton choix eft bon, je t'en félicite. Je
„fuis à ma terre qui touche à la tienne, &
„demain matin je fuis chés toi, fi mes af-
„faires ne m'en empêchent pas abfolument.
„Alors j'attends de ton amitié, que tu vien-
„ne me voir; et je penfe que tu pourras
„prendre cette peine à demain donc. Adieu,
„cher Ami, il me tarde bien de t'embraffer.

*Norton.*

Norton de retour!... demain il eft
icy!... Que lui dirai je, s'il s'apperçoit
de mes chagrins?... (*il s'apperçoit que le*

*laquais*

*laquais attend.)* Que fais tu la ? retire toi,
& dis à celui qui a apporté cette lettre,
que j'enverrai reponse. *(Le valet fort.)*

## Scene IX.
### Milfort, un Laquais.

#### Le Laquais.

Milord, un homme enveloppé dans un
manteau, qui ne veut ni fe montrer, ni dire fon nom, demande à vous parler puis je
le faire entrer ?

#### Milfort. *(inquiet.)*

A me parler ? . . . . Qui pourrait ce
être ? . . . N'importe, voyons qui c'eft . . .
fais le venir. *(Le valet fort.)*

## Scene X.
### Milfort, Adelfon ( *qui regarde autour*
*de lui et ne voyant que Milfort l'ap-*
*proche et fe découvre.*)

#### Milfort.

Ciel! c'eft Adelfon, le frere de Faneli!

Adel-

## Adelſon.

Oui, traître, c'eſt Adelſon, qui vient venger ſur toi les maux que tu as fait ſouffrir,
non ſeulement à Faneli, mais encore à ma
ſamille entiere, à mon nom que tu as outra-
gé par ton odieux hymen.

## Milfort. *(éffraié.)*

*(à part)* Dieu, tout eſt découvert! Belton m'a trahi. *(il demeure interdit)*

## Adelſon.

Acheve ton ouvrage, barbare; arrache
moi ce coeur rempli de haine pour toi. Mon
devoir, ou plutôt, mon malheur me tenait
éloigné d'une ſœur chérie. J'arrive, & j'apprens que tes indignes traitemens ont arra-
ché la vie a cette malheureuſe victime de tes
fureurs. Mais tu n'echapperas pas aux miennes tu mourreras de ma main. *(il met la
main ſur ſon Epée)*

## Milfort. *(ayant repris ſa fermeté,*
*dit à part)*

Mon ſecret eſt encore à moi *(haut)* Penſe
tu m'en impoſer par de vaines menaces?

Enne-

Ennemi méprifabl·! tu ofes venir ici déguifé
pour me furprendre. Il ne te manquerait
plus que d'être aſſaſſin.

### Adelſon.

Me crois-tu capable d'une telle lâcheté?
tu juges de mon coeur par le tien. Mon d'e-
guiſement n'a d'autre but que de chercher
à éviter la rencontre & les cris de ton indigne épouſe qui eſt depuis longtems la
complice de tous tes crimes.

### Milfort. (*avec fureur*)

Arrète. Ce foupçon redouble mes fureurs. Indigne! tu ofes outrager la vertu
même, je t'en punirai. Sors, je te fuis;
viens defendre tes jours. Ce n'eſt qu'en
t'ôtant la vie que je vengerai l'injure que
tu fais à Sophie.

### Adelſon.

Allons, marchons. (*Milfort prend ſon
épée & ſon chapeau qui ſont ſur une chaiſe
& ils ſortent.*)

### Scene

## Scene XI.

Sophie. (*un livre à la main.*)

.n vain je cherche à me diſtraire, le repos me ſuit. Mille inquiétudes me dévorent. Ah! Norton viens rendre à Milfort la paix dont il jouiſſait autre fois dans les bras de l'amitié. Courland ne ſut jamais qu'accroître ſes maux; la légereté de ſon caractère ne rendra jamais la tranquilité à ſon ame agiteé par des peines d'autant plus douloureuſes, que mon Epoux n'oſe les confier à perſonne . . . . . . . . ſerait il coupable ? . . . . Non, je ne le crois pas. L'amour l'égara un inſtant mais il revint bientot à mes piés mille fois plus vertueux. (*elle ſonne.*)

## Scene XII.

### Sophie, un Valet.

#### Sophie.

Ou eſt Milord ?

#### Le Valet.

Je croiais que Miladi en était inſtruite. Il n'y a qu'un inſtant qu'un homme caché dans un manteau eſt venu lui parler, & ils ſont ſortis enſemble.

### Sophie.

Ciel! que dites vous? . . . . une affaire lui ſerait elle ſurvenue? Mais je ne pourrais m'imaginer avec qui. N'importe ſuivés ſes pas, tachés de le découvrir, & tirés moi au plutot de mes cruelles appréhenſions. Allés, courrés. (*le valet ſort.*)

## Scene XIII.

### Sophie.

Quoi toujours en but à de nouveaux chagrins! . . . & c'eſt moi peut être qui me plais à les faire naître . . . . Cet inconnu ne pourrait . . il pas être quelque ancien ami de Milfort, quelqu' homme d'affaire? . . . . Mais pourquoi l'entrainer hors de chés lui? . . . & ce miſtère à mon égard? . . . eſt ce peutêtre la le ſujet de ſa triſteſ- ſe? . . . . ô Dieu! écarte les malheurs que je prévois. Si Milfort inſulté par cet

étran-

tranger . . . , je frémis . . . ., ah! Cruel!
n expofant ainfi tes jours, tu ne fais pas
uel coeur tu déchires . . . . Courrons peut
tre en eft il encore tems. Je t'arracheral
à ton cruel adverfaire, ou bien ce fein ira
au devant des coups qu'il te portera.
(*elle fort.*)

## Fin du premier Acte.

Acte

# Acte second.

Le théatre repréfente une chambre d'un vieux Chateau appartenant a Milfort. Faneli eft afiffe près d'une table à co- té d'elle Jenni dort fur une chaife, elle la foutient, l'embraffe de tems en tems avec la précaution de ne pas l'é- veiller & effuie les larmes qu'elle laif- fe échapper.

## Scene I.

### Faneli, Jenni.

#### Faneli.

Chere Jenni, jou'is du fomeil et d'un re- pos qui eft à jamais perdu pour ta malhereufe mere. (*elle verfe quelque larmes.*) Tu es le feul bien que je posséde encore au monde & au quel je fois attachée. Je me vois cruellement abandonnée de ton pe- re . . . . Lui que j'ai tant aimé . . . . lui . . . que j'adore encore malgré fes in- juftices, pour qui j'ai bravé le meilleur de

tous

tous les peres, et racourci les jours d'une tendre mere . . . . . Le ciel m'en punit . . . . .
Ah! tout efpoir eft perdu pour moi, & je ne
vois de terme à mon malheur, que dans la
foffe ouverte devant moi. (*Elle regarde ten-
drement Jenni.*) Les traits de ton pere font
peints fur ton vifage. Oui: j'y reconnais cet
air vif & tendre qui porta le trait fatal dans
mon coeur, & c'eft ce même Milfort qui
me traite avec tant de cruauté! . . . . Qui
l'eut cru! . . . (*avec douleur à Jenni*) Quand
je ne ferai plus, fi jamais il te parle d'une
mere qu'il a rendue fi malheureufe . . . . .
dis lui . . . . que le dernier foupir d'une
époufe mourante était encore pour lui, &
que je lui pardonne tous les maux qu'il m'a
faits . . . . . Pauvre enfant, tu es encore
trop innocente pour entendre mes plaintes,
& tu ne peux connaître la caufe qui fait
couler mes larmes. Ah! que de tels chagrins ne viennent jamais accabler ton tendre
coeur; il fera fenfible comme le mien, & tu
mourrais comme ta mere de la mort la plus
affreufe . . . . . (*Jenni fourit*) tu fouris,
chere Jenni? un fonge te repréfente d'a-
gréa-

gréables chiméres . . . . . . eſt ce moi qui t'occupe ? (*Jenni en dormant allonge le bras & le paſſe autour du cou de Faneli.*) Oui, c'eſt moi qu'elle voit. Nature, tu parles à cet enfant, il n'y a que l'inhumain qui m'abandonne qui ne ſent plus ton pouvoir. (*Jenni s'eveille.* Mes cris l'ont éveillée . . . chere Petite, laiſſe moi lire dans tes yeux que ton coeur ſent que je ſuis ta mere (*elle regarde un inſtant Jenni puis elle l'embraſſe en criant avec joye*) ah! Dieu!

## Jenni.

Comme vous me regardés, ma Bonne, oh! je vous aime tant! oui, vous êtes ma Bonne.

## Faneli.

Cruel! c'eſt encore là ton ouvrage; elle n'oſe me nommer ſa mere. Sans toi ma fille élevée par mes ſoins, eut elle méconnue le ſein qui l'a portée? Ah! La nature parle en dépit de toi. Elle m'aime, elle me ſuffit, je ne me plains plus de l'ingrat. En me rendant Jenni, il répare toutes ſes cruautés.

Jenni.

### Jenni.

Mais pourquoi pleurés vous donc tant ma Bonne? vous allés me faire pleurer auffi. (*elle effuie les larmes de Fazeli*)

### Fáneli.

Ah! c'en eft trop. Mon coeur fe déchire. Jenni, tu n'as plus de mere, il te refte une amie; aime la, Jenni, tu foulageras fes peines . . . . . Non, tu n'as plus de mere, Mais il te refte un pere . . . que tu dois chérir. Oui, tu dois l'aimer; qu'il foit s'il fe peut auffi cher à ton coeur, qu'il le fut à ta malheureufe mere . . . . . Qu'il foit heureux! . . . . (*elle verfe de larmes.*) helas! tout ajoute à mon malheur . . . . faut il donc auffi que de noirs fupçons mettent le comble à mon infortune? Ingrat! Chacune de tes démarches, chacune de tes penfées eft fans doute un outrage à l'amour . . . mais, non; . . . . je t'accufe à tort. Tu m'as rendu ton amour en me rendant ma fille: un fi grand bienfait ne faurait annoncer la haine. (*elle embraffe Jenni*) Ma fille, je te tiens dans mes bras, je te
preffe

preſſe contre mon ſein . . . . (*avec douleur.*)
Je n'oſe plus l'appeller du tendre nom de
fille, il le veut le cruel; eh bien! je m'y
ſoumets; je ſuis aſſés heureuſe puisque je
te revois . . . . elle me ſourit. Ses petits
bras elancés autour de moi, me font pen-
cher vers elle, elle ſemble chercher mes
baiſers.

### Jenni.

Vous êtes toujours triſte, ma Bonne: je
vais vous apporter ma poupée et vous joue-
rés avec. (*elle veut ſortir.*)

### Faneli.

Demeure, ma chere petite, toi ſeule peux
me conſoler. Ce coeur ſi jeune encore reſ-
ſent deja mes maux, & toi, Milfort, toi
ſeul, me perſécutes . . . . Mais que dis
je? Je ſuis peutêtre injuſte. Jenni m'eſt
un heureux préſage; Milfort me rendra ſon
coeur. Belton même eſt ſenſible, j'ai vu
couler ſes larmes; Les duretés qu'il a eu
pour moi étaient forcées: je ſuis contente de
lui . . . . ah! je le ſuis de tout l'univers.

Jenni.

### Jenni.

Et de moi aufli, ma Bonne: n'eft ce pas
que vous le dires a mon Papa?

### Faneli.

A ton Pere? . . . . (*à part.*) ah, Ciel!
quand le reverrai-je? Sa vue m'eft peutètre
à jamais interdite' (*elle fe leve avec précipita-
tion au bruit qu'elle entend.*) mais quel brult
entens-je? . . . tout mon fang fe glace ; . .
Ciel! Milfort! (*elle retombe fur fa chaife.*)

Jenni. (*court audevant de Milfort.*)
Ah! voila Papa.

# Scene II.

Faneli, Jenni, Milfort. (*il regarde
Faneli avec fureur.*)

### Faneli.

Milfort, quoi vous içy! . . . . . Dieu, quels
regards! la fureur eft peinte fur votre front,
ne m'accablés pas, ou vous m'allés voir
mourir à vos piés.

C             Mil-

### Milfort. (*froidement.*)

Ce n'est point mon deffein, écoutés moi. Je ne vous demande qu'un éffort . . . nécef. faire . . . . & j'aimerais mieux l'obtenir que l'exiger.

### Faneli.

Un effort? eh! que pouvés vous attendre de moi? Vos cruautés, Milfort, ont épuifé mon courage, je n'ai que la force, helas! d'aimer encore mon perfécuteur.

### Milfort. (*avec remords.*)

Faneli, ne cherchés point à ramener mon coeur. Votre Epoux, innocent ou coupable a rompu tous les noeuds qui l'attach ent à vous.

### Faneli.

Arrêtés, Barbare, je n'ai point la force d'entendre cette cruelle fentence. (*avec fermeté*) Dites moi; aurait on eu affés d'indignité & m'aurait on couverte d'affés de calomnies pour faire prononcer notre divorce par les Loix.

Milfort.

### Milfort.

Non; il n'a point été prononcé par les
loix; mais notre séparation n'en est pas
oins irrévocable. Tout à présent, tout
ous sep3re à jamais. C'est dans mon coeur
ue votre frere Adelson a voulu plonger son
pée: mais la fortune ne l'a point secondé à
ou gré, ma sureur a paré ses coups & ..

### Faneli. (*effrayte*)

Mon frere est mort! . . . .

### Milfort.

Non: ses jours sont en sureté: une bles-
sure l'a mis hors de combat, mais je ne
puis répondre des suites quand il sera ré-
tabli.

### Faneli.

Cruel! tu me déchire le coeur par toutes
tes actions: du moins ne laisse tomber ta
férocité que sur moi.

### Milfort. (*froidement.*)

N'en parlons plus. Je ne vous dissimu-
lerai point qu'une funeste passion s'est allu-

C 2 mée

mée dans mon coeur . . . . (*il se reprend*)
que cet amour s'est tourné en haine contre
vous, contre moi même . . . . . que tout
m'est en horreur. Cependant votre mort
prétendue me laisse en proie aux reproches
les plus injurieuses. On me représente partout comme un tiran, un persecuteur, qui
a hâté par ses mauvais traitemens la fin de
vos jours. Le bruit à chaque instant en vient
jusqu' à mes oreilles. Etant si près de Londres on pourrait découvrir votre retraite. Voici ce que j'attens de vous.

### Faneli.

J'ai perdu tout votre amour, . . . . ah,
Dieu! . . . aujourd' hui que vous avés permis qu'on me rendit ma fille, un doux espeoir
avait rempli mon ame. Cette heureuse illusion a peu durée! Que n'ai je pu la prolon-
ger encore! mais parlés, qu' exigés vous?

### Milfort.

Que vous vous retiriés dans une nouvelle
terre que je viens d'acheter loin d'içi, que
personne ne sait être à moi & que là, sous

un

un autre nom, vous trouvies, s'il se peut,
un fort plus heureux.

### Faneli.

Eh! Milfort, épargnés moi, . . . épargnons nous la peine d'un menfonge. Faites
de ce faux bruit une vérité. Percéz ce
coeur dont tant de cruautés n'ont pu vous
bannir; il s'avance au devant de vos coups.
(*Milfort fremit*) Eft-ce le crime qui vous
fait peur? ah! vous ne ferés pas moins coupable en me laiffant vivre. Que dis-je? une
vie auffi déplorable vous rend plus criminel
encore que ma mort même . . . . . frappés . . . . . (*Milfort accablé tombe dans un
fauteuil, Faneli court à lui.*) Milfort! . . .
Milfort! . . . trop cruel & trop cher
Epoux . . . . . . (*Milfort fe léve avec rage,
& fait quelques pas.*)

### Jenni. (*allant à Milfort.*)

Papa, pourquoi tant vous facher? vous
faites pleurer ma Bonne.

Milfort.

## Milfort.

Laiſſe moi, Jenni . . . . . ( *à Faneli* ) le
ſort en eſt jetté; il le faut, quoi qu'en ſoit
le ſuccés, je le veux . . . . . Faneli, ſi
vous réſiſtés, ſi vous ne me jurés d'obéir, votre ſang & le mien confondu, va couler à
l'inſtant même. (*il tire un poignard & le
leve.*)

### Faneli. (*arrachant le poignard
& le jettant.*)

Milfort, arretés . . . . Milfort, vivés &
ordonnés. J'obéis, je jure, je promets tout.

### Milfort. (*apaiſé mais reprenant
peu à peu ſa fureur.*)

Allés, ſuivés Belton, & ſoyés plus heureuſe que vous ne l'avés été, que je ne le
ſuis moi même; mais n'oubliés pas vos pro-
meſſes. La vie m'eſt odieuſe. S'il vous
échappe un ſeul mot, ſi vous trahiſſés mon
ſecret, je vole vers vous, & ſous vos yeux,
à l'inſtant, je plonge un poignard dans mon
ſein pour vous couvrir du ſang d'un époux.
Je ſaurai par là, je ſaurai du moins vous
rendre.

rendre criminelle auſſi. Adieu pour jamais. (*il ſort.*)

### Faneli.

(*elle ſe jette à genoux, tendant les bras vers
Milfort & Jenni court à elle pour
l'embraſſer.*)

Ah! Milfort arrêtés . . . . . .

# Scene III.

## Faneli, Jenni.

#### Faneli. (*elle reſte à genoux.*)

Voilà les adieux qu'il me laiſſe. Je ne le
verrai plus. Dieu, qui voyés mes peines,
faites ceſſer des maux auſſi cruels. Ils ſont
au deſſus de mes forces. (*elle ſe leve avec peine & va ſe mettre dans un fauteuil. Jenni
la tient par la main, puis va joüer de l'autre
coté du théatre avec quelques joujoux qui ſeront
ſur une chaiſe.*) Barbare! pourquoi gardais
tu de la pitié pour moi? pourquoi ne point
finir mes triſtes jours? ah! c'eſt pour ajou-
ter à mes tourmens. Tu veux me voir

C 4　　　　　ſouf-

souffrir . . . . . mais que dis-je? . . . . de quel droit viens tu m'asservir à tes volontés? es tu mon époux, ou mon Dieu? suis-je ta femme ou ton esclave? . . . as tu sur moi droit de vie & de mort? . . un de tes valets que tu eus renvoyé, en perdant tes bonnes graces eut conservé du moins sa liberté; il eut choisi sa retraite; & moi, tu me prescris un lieu pour exil, & ce lieu change au gré de ton caprice! . . . . Qui t'a donc donné sur moi ce pouvoir tyrannique? . . qui? . . . . ma faiblesse. Il n'eut point osé commander, s'il n'eut compté sur une aveugle obéissance. Son courage n'est fondé que sur ma lâcheté. (*elle regarde le poignard qui est à terre.*) Vas, tu ne jouïras pas de tes forfaits, & ce fer à l'instant va mettre fin à mes jours malheureux. (*elle ramasse le poignard & veut se frapper.*)

Jenni. (*courant à elle les bras tendus.*)

Ma Bonne, ma chere Bonne. (*Faneli au cris de Jenni la regarde, laisse echapper le poignard & tombe dans un fauteuil.*)

Scene

# Scene IV.

Faneli, Jenni, Betſi.

### Betſi.

Qu' avés vous, Miſs? Qu'eſt il donc arrivé?

### Jenni.

Ma Bonne a voulu ſe faire mal avec ce couteau.

### Betſi.

Oh Ciel! Miladi, à quel point le deſeſpoir vous egare!

### Faneli.

Jenni que ne me laiſſais tu mourir?... Ah! Betſi, en comparant mon bonheur paſſé à mon infortune préſente, mon courage m'abandonna; je deſirai, j'appellai la mort, je m'armai de ce fer; j'allais frapper'... tout à coup j'entens ma fille qui m'appellait par ſes cris, & le fer s'echappa de mes mains. Oui, cher enfant, je vivrai pour

toi

toi feul deformais. Toi feul tu m'attaches
à la vie.

## Betfi.

Oui, vivés, ma chere maitreffe. Vous
n'avés en éffet que des malheurs à fupporter.
Helas! Je devrais vous confoler; mais vous
voyant fouffrir, j'ai befoin d'etre confolée
moi même.

## Faneli.  .

Il n'eft rien qui puiffe me confoler. Moi,
qui n'avais connu encore que le plaifir d'aimer & d'être aimée! moi pour qui un jour
heureux était toujours la veille d'un lende-
main plus heureux encore! amie, amante,
époufe & mere, les plaifirs que chacun de
ces titres me donnait, aurait fuffi, pour faire
un heureux . . . . Il ne me refte pas même
le bonheur de l'illufion. J'ai tout perdu,
jusqu' à l'espeoir, feul foutien des malheureux. Je connais ce coeur qui me quitte à
jamais; j'en ai pénétré tous les replis, il eft
fermé pour toujours à l'infortunée Faneli.

Betfi.

### Betſi.

Miladi, ſi vous n'étiés affligée que d'un revers de fortune, votre raiſon ſeule ſuffirait pour vous conſoler. Mais les peines du coeur vous frappent ſi profondément! non que je croie les vôtres déſeſperées; nous les verrons finir bientôt; je l'eſpere. Mais pour attendre l'avenir, il faut au moins réſiſter au préſent. Ah! ma chere maitreſſe, ne vous livrés point à vos maux. Il faut combattre la douleur pour l'affaiblir.

### Faneli.

Helas! une autre paſſion le tiranniſe, elle occupe toutes les facultés de ſon ame. Ah! qu'il ſoit heureux prés de celle qui m'a ravi ſon coeur . . . . ah! Dieu! une autre a pu me remplacer! mais m'a t'elle remplacée dans l'amour que j'avais pour lui? . . non . . . . je ne le crois pas . . . . je ſens même que je l'aime toujours, tout infidele qu'il eſt. Juge, chere Betſi, quel ſera loin de lui mon triſte ſort . . . . *(embraſſant Jenni.)* Que je te plains, Jenni, d'avoir une mere ſi malheureuſe, & un

pere

pere ſi coupable! . . . . coupable! . . . . .
eh! ne le ſuis-je pas moi même? ſi ma ſille
était jamais rebelle à mes volontés, la trou-
verais-je innocente?

### Betſi.

Tenés Miladi, la faibleſſe dans le malheur, eſt toujours pire que le malheur même; combattés pour triompher de la votre.
Si Milfort eſt inflexible, tâchés de vaincre
votre amour; ce ſera un bonheur pour vous
ſi vous parvenés à le haïr.

### Faneli.

Moi le haïr! je ne ſens que trop: je ne
pourrai jamais. Empeche donc, Betſi, que
ſon image ne me ſuive jusque dans le bras
du ſomeil pour ſe reproduire dans tous mes
ſonges; que l'excès même de ſon averſion
ne ſerve point à me rappeller quel fut l'excès de ſon amour. Qu' au milieu de mes
plaintes, au moment ou je prononce des
ſermens de haine, je ne verſe plus des larmes de tendreſſe . . . . . juge s'il m'eſt poſ-
ſible de prononcer ces mots cruels . . . . . je
n'aime

n'aime plus Milsort. Si la mort me l'avait enlevé, je regarderais mon exil comme un veuvage, & non comme un abandon: mais puis-je sans mourir savoir qu'il vit pour une autre que pour moi.

### Betsi. ( *avec colère.* )

J'ai peine à retenir mes transports. Il me prend envie quelque fois d'aller lui reprocher ses perfidies mais je crains qu'il ne s'en venge sur ma pauvre maitresse, & que son sort ne devienne pire, s'il est possible. Ah! que Milsort m'apprend à détester les hommes. Je les abhorre tous.

### Faneli.

Fasse le juste ciel que l'éloignement rende mes peines plus supportables. Allons subir notre sort. Betsi, il faut que je parte, le cruel me sait encore trop près de Londres, il craint les remords. Vas tout préparer pour notre départ. J'entens Belton, il vient sans doute m'arracher d'ici. Ah! s'il me laisse Jenni, je me rend avec joie dans mon exil. (*Betsi sort.*)

Scene

## Scene V.

### Faneli, Jenni, Belton.

#### Belton.

Miladi, je viens vous demander vos ordres.

#### Faneli.

Mes ordres? je t'entens. Ce font les tiens que tu m'annonces. Je te fuis.

#### Belton.

Ah! Miladi, plût au Ciel que je n'en euffe pas de plus cruels.

#### Faneli.

Belton, ménage ma faibleffe, ne m'annonce pas de nouveaux chagrins.

#### Belton. (*voulant prendre Jenni*)

Il eft tems que Miff Jenni . . . . .

#### Faneli.

Tu veux m'enlever Jenni? . . . . . ah! laiffe moi ma fille.

Belton.

### Belton.

Je vous la ramenerai moi même; mais mon maitre veut la r'avoir dans ce moment.

### Faneli. (*embraffant Jenni.*)

Non, je n'abandonnerai point ma fille. Belton, mon cher Belton, ne m'enlevés point Jenni, par pitié laiffés moi Jenni.

### Belton.

Miladi, mon devoir . . . . .

### Faneli.

Cruel, Inhumain, votre devoir! . . . . Votre devoir vous ordonne t'il d'être Barbare? . . . Laiffés moi ma Jenni. . . . laiffés moi ma Jenni. Je le vois trop, fi on me l'enleve une fois, c'eft pour toujours. Je ne la reverrai plus: ah, Dieu! . . . . Belton . . . . Belton! . . . (*elle fe jette à fes genoux.*)

### Belton. (*la relevant.*)

Miladi, vous voulés me perdre . . . . . Eh bien, parlés, qu' exigés vous? . . . .

Faneli.

#### Faneli.

Belton, je le vois, il te reste encore quelque pitié pour moi. Eh bien, laisse moi du moins jouïr encore cette nuit des embrassemens de Jenni. Sois assuré que je ne lui dirai rien qui puisse lui faire connaître que je suis sa mere.

#### Belton.

Qui pourrait vous refuser! . . . . Mais alors, Miladi, rappelléz tout votre courage. Je me rendrai coupable envers mon maitre, si je n'exécutais ses volontés. Milord pour l'instant veut r'avoir Miss Jenni; mais je ne doute pas qu'elle ne vous soit rendue.

#### Faneli.

Ah! Belton, je te devrai quelques heures de bonheur, & c'est beaucoup dans l'etat ou je suis (*à Jenni*) viens, ma Jenni, viens dans mes bras, goutons ensemble quelque repos: s'il n'en est plus pour moi; j'aurai le plaisir du moins de contempler le tien. (*elle sort.*)

Scene

# Scene VI.

## Belton.

Il faudrait etre un monſtre pour réſiſter à ſes larmes. Si Milord m'en croit capable, qu'il me donne ſon coeur pour ſoutenir de pareilles ſcenes. Il a formé de nouveaux engagemens, il me les cache . . . il craint ſans doute que je ne me permette quelques objections .º . . . . S'il a fait choix d'une autre femme, il eſt certain qu'il ne devait pas attendre de Miladi un divorce volontaire. Le nom d'épouſe eſt un titre qu'elle n'aurait abandonné qu' avec la vie ; & ne pouvant l'y réſoudre, il a bien fallu la tromper . . . . J'avoue que cette femme m'a fait ſentir ce que je n'avais jamais éprouvé . . . . Sa douceur, ſa tendreſſe . . . . en pareil cas toute autre femme aurait fait le diable, & le ſecret donc, aurait il été gardé un ſeul inſtant ? . . . . il faut pourtant lui enlever ſa fille . . . . comment faire ? je ſens que je n'aurai pas la force de l'arracher de ſes bras . . . . Si elle pouvait s'endormir, avec le ſecours de Betſi, je pourrais profiter de

D                                    l'in-

l'inftant. . . . . Allons, faifons tout préparer pour le départ de Jenni, puis nous fon-
gerons au notre. (*il apelle.*) Tom ... Tom.

## Scene VII.
### Belton, Tom.

#### Tom. (*en bottes*)

Que vous plait il, Monfieur?

#### Belton.

Faites mettre les chevaux & foyés prêt
à partir à chaque inftant avec Mifs Jenni,
que je remettrai entre vos mains, vous en
aurs grand foin, vous la ramenerés à Milord & vous lui dirés que les ordres qu'il
m'a donnés feront exécutés avant le jour.

#### Tom.

Il fuffit. (*il fort.*)

## Scene VIII.
### Belton.

Le maudit emploi qu'on ma donné la!
d'un valet de Chambre faire un geolier! &
de

de qui encore? d'une femme qui attendri-
rait les coeurs les plus feroces. Et celui de
Milord eſt inſenſible pour elle. Moi je n'y
tiens plus, l'état ou je me trouve eſt aſſreux.
J'ai du remords ſi je ſuis infidele à mon
maitre. J'e n'ai d'autre parti à prendre que
de lui demander qu'il me délivre de cet emploi, ou qu'il me donne mon congé. Voici Betſi.

## Scene IX.
### Betſi, Belton.

#### Betſi.

Quoi, tu es icy? je te fuis: tu es un monſtre (*elle veut ſortir.*)

#### Belton. (*ſ' arretant.*)

Le compliment eſt fort honnête . . . .
arrête, Betſi, ne juge pas de moi par les apparences . .

#### Betſi.

Et par quoi donc, traître, veux tu que
l'on te juge? tu ne te plais qu' à déſoler

ma

pauvre maitreſſe, & cela pour obéir à un indigne maitre que tu devrais rougir de ſervir ſi tu avais un peu de coeur. Mais non; tu pouſſés la cruauté jusqu' à vouloir lui ôter Jenni. Une pareille idée ne peut venir que de toi, miſérable.

### Belton.

Tu me fais tort, Betſi, tu ſavais ce que je ſouffre, tu verrais que j'ai le coeur d'un honnête homme, & que la néceſſité me force à ſuivre les ordres de mon maitre.

### Betſi.

Ainſi, le vil interêt l'emporte chés toi ſur l'honnèteté de ton coeur? voilà une belle excuſe.

### Belton.

Betſi, ne prens point les choſes à la lettre: écoute moi: il y a un inſtant que je me ſuis décidé à demander mon congé à Milord, ou qu'il me délivre d'un emploi que je remplis à contrecoeur. Mais parlons raiſon. Dis moi: Miladi en ſera t'elle mieux traitée? Non.

Non. Elle aura un furveillant qui épiera toutes fes demarches, qui fuivra de point en point les ordres de Milord. Moi, je lui laiſſe au moins quelque liberté fur les choſes qui pourroient ramener Milord à fes pieds. Hier encore, elle me demande qu'il lui foit permis d'écrire à Courland. Croyant qu'il pourrait, étant l'intime ami de Milford, lui faire connaître fes erreurs, je n'ai pu le lui refufer.

### Betfi.

Courland! . . . . C'eſt bien là un homme fait pour ramener un mari à fa femme; bien plutôt pour le débaucher. Je le connais, il en coute à toutes les belles. Son dicton ordinaire eſt, tout eſt bien: mais je crois qu' avéc les femmes il dit, tout eſt bon.

### Belton.

Je ne difputerai point fur fes qualités; tu les connais peutêtre mieux que moi: paſſons. Mais enfin, je n'ai pu refufer à Miladi cette fatisfaction, malgré les ordres que j'ai, de ne la laiſſer écrire à perſonne. Vas,

D 3

fols

fois perfuadée que je prens autant de part
au fort de ta maitreffe que toi même.

## Betfi.

Eh bien je le veux croire; & tu me le
prouveras en t'employant à déterminer Milord à rendre au plutôt fa fille à Faneli. Il
ne pourrait réfifter au récit que je vais te faire
de la Scene la plus touchante. Je viens
d'arranger un lit pour Mifs Jenni à côté de
celui de fa mere; & je me mis auprés dans
un fauteuil; pour y paffer la nuit. Ah!
Belton quand je l'aurais voulu, ce que
voyais, ce que j'entendais, m'aurait il per-
mis-de repofer? je ne te dirai point les
difcours, les douces plaintes que Miladi ne
ceffa de répéter à fa fille, dés qu'elle fut
placée à côté de fon lit. En l'entretenant
de fon pere, elle pouffait de longs foupirs;
mais c'était la douleur qui parlait, jamais
le reffentiment. 'A la fin le fomeil a fermé les
yeux de Mifs Jenni; & Miladi, qui jusque
là par la crainte de fe voir enlever fa fille,
n'avait ofé lui parler comme fa mere, fe
croyant plus libre en voyant Jenni endormie,
fe

se dédomagea de la contrainte qu'elle avait essuyée, & l'appella vingt fois sa fille, sa chere fille. En fin que te dirai-je? excédée de lassitude, abattue par des sentimens si peinibles, il m'a semblé qu'elle pourrait prendre quelque repos, & je la quittai pour venir icy pleurer tout à mon aise.

### Belton.

Je songe aux combats que j'aurai à livrer quand il faudra la separer de sa fille. La force, & la fermeté m'abandonnent. Je sens bien qu'il me faudra plus de courage si je differe, & je differe toujours. . . . . Je suis tenté de profiter de son someil pour lui enlever Miss Jenni. Et de grace, Betsi, il faut que tu m'aides.

### Betsi.

Qui, moi? . . . je me croiaris indigne du jour si j'étais complice d'un coup aussi cruel pour Miladi. Tu sais mon attachement pour elle, ainsi n'espere pas que je te donne le moindre secours.

### Belton.

Mais, Betsi, si tu veux me seconder, tu épargneras des pleurs à ta maitresse, & nous

cal-

calmerons enfuite fa douleur par l'efpérance
que je lui ai donnée de revoir bientôt Miff
Jenni.

### Betfi.

Fais ce que tu voudras, pour moi je ne
m'en mêle pas. Tu fais que nous partons
demain matin, & je vais tout préparer pour
ce maudit départ qui manquait encore à
nos chagrins. (*elle fort.*)

# Scene X.
### Belton.

Elle a raifon de ne pas s'en mêler. Car le
premier pas qui mene à la méchanceté nous
embourbe, & l'on n'en fort plus qu'avec
peine. Je fuis dans le cas. J'ai fervi Milord fans reflexion dans fes premiers égaremens. Et je me vois tellement obligé de
faire le mal, que je fouhaiterais etre presque auffi fcelerat que mon maitre pour exe-
cuter fes derniers ordres. Mais agiffons du
mieux que nous pourrons. Si je ne puis voir
la fin des malheurs de Faneli, je tacherai du
moins de les adoucir.

### Fin du fecond Acte.

Acte

# Acte troisieme.

Le théatre représente un bois.

## Scene I.
### Faneli, Betsi.

#### Faneli.

Quel contretems facheux! cette route est celle de Londres. Je tremble que quelque hazard imprévu ne nous trahisse. mais que puis-je avoir à craindre? Le bruit de ma mort est trop répandu, le chagrin m'a rendu méconnaissable, & il a totalement éfacé ces traits qui m'attachaient Milfort autre fois.

#### Betsi.

Ne vous laissés point abattre, Miladi: que vos maux présents n'épuisent point vos forces: qu'il vous en reste encore assés pour sentir les biens à venir. Vous serez heureuse un jour, qui ne peut etre pas loin. Esperés

D 5

toujours. C'eft à l'espérance qu'il faut emprunter du courage: vous en avés fi grand befoin.

### Faneli.

Tu connais mes malheurs, Betfi ; ma vie, helas! eft une mort lente & douloureufe. Ce n'eft pas que je n'appelle quelque foiş la raifon à mon fecours: mais que peuvent fes confeils contre la douleur? . . . & ma fille . . . . quand j'y penfe . . . . Jenni . . . . Dieu! il ne me refte rien déformais; je fuis feule dans l'univers.

### Betfi.

Croiés, Miladi, qu'il eft votre interèt de laiffer votre fille à Milord; au moins fera t'il forcé de fe reffouvenir de vous, & le remord le ramenera à vos pieds.

### Faneli.

Betf ne me parle plus de l'auteur de mes peines, ou bien exagere moi, s'il eft poffible, fes cruautés. Répete moi fans ceffe qu'il a réfolu ma mort, qu'il me hait, qu'il m'abhorre, que fon cœur eft inflexible ; ôte moi tout efpeoir . . . . . je regarde même cette

der-

derniere perfécutiou comme un bienfait.
En m'éloignant fans efpérance de le revoir,
il m'aidera peutêtre à t'oublier ; c'eft l'uni-
que vœu que je fais déformais . . . . . .
nais, que dis-je ? . . . . . l'oublier ? . . . .
h ! je ne vis que dans l'efpeoir de retrouver
on cœur . . . . . . que ces momens d'illu-
ion me coutent cher par l'inftant qui les
fuit & par celui qui les précède.

### Betfi.

C'eft peutêtre aufli votre exceffive dou-
eur qui l'a rendu Barbare. Il a vu qu' avec
ous il pouvait tout ofer impunément.

### Faneli.

Si je n'employais la douceur, quels
rmes me refterait il ? mon cœur malgré
oi fe plait toujours à l'excufer. Par exem-
le le refus qu'il a fait de me laifler Jenni,
e crois en voir la caufe dans fon amitié pour
a fille, plûtot que dans fa haine pour moi.
uoiqu'en dife Belton, (car j'ai bien vu que
'était pour me calmer.) on ne me la rendra,
lus. Milfort ne l'a fait enlever, que pour,

la

la voir, à chaque inftant. Si elle fut reftée près de moi, il aurait été obligé de voir auffi la mere qu'il detefte . . . . . il eft dur fans doute d'etre haïé, méprifée, mais Betfi, je fuis bien moins fenfible à la honte d'etre abandonnée, qu' à la douleur de n'être plus aimée.

### Betfi.

Miladi, quelqu' un s'avance icy, retirons nous.

### Faneli.

Ciel, dérobons nous à fes regards, gagnons notre voiture, elle fera peutètre raccommodée. (*elle veut fe retirer.*)

# Scene II.
## Faneli, Norton, Betfi.

### Norton.

Eh bien, pour quoi donc me fuir, Mesdames? avés vous peur de moi? c'eft fans doute votre voiture qui s'eft rompue à quelques

ques pas d'ici. Je viens d'envoyer mes gens pour aider les votres à la raccommoder.

### Faneli.

Monfieur, je vous ai beaucoup d'obliga-tion. (*elle veut fortir.*)

### Norton.

Mais reftés donc. Votre voiture n'eft pas encore prête. (*à part*) Elle eft ma foi jolie; cet air de langueur répandu fur fon vifage la rend interreffante. Entâmons le difcours (*haut*) Mesdames, puis-je vous etre utile dans l'embarras ou vous vous trou-vés? je vous offre ma voiture . . (*les voyant embarraffées*) Oh, mais fi cela ne vous fait pas plaifir, prenés que je n'ai rien dit.

### Faneli.

Je fuis reconnaiffante, Monfieur, de vos obligeances, mais je crois que nous ferons en état de partir tout de fuite.

### Norton.

Peut on vous demander fans indifcrétion jusqu' où vous allés aujourd' hui? Je

pou-

pourrai vous dire fi vous arriverés avant
la nuit.

### Faneli. (*embaraffée*)

Monfieur .... Pardonnés .... je ne
puis répondre à vos queftions .... j'ignore
l'endroit ou l'on me mène.

### Norton.

Ceci n'eft pas mauvais. Vous voyagés,
& vous ne favés ou vous allés ? ... (*à part*)
il y a du miftère la deffous. (*haut*) Madame,
vous avés quelques chagrins fecrets, je le
vois. J'ignore qui vous êtes, mais je m'in-
terreffe à vous & je fouhaiterais vous obliger. Parlés, ma terre eft peu éloignée, &
je vous donnerai tous les fecours dont je
ferai capable.

### Faneli.

Je ne doute point de l'interèt que vous me
temoignés & je me fens pour vous affés d'e-
ftime pour en etre flattée. L'offre de votre
crédit, mérite ma reconnaiffance; mais il
n'eft pas en mon pouvoir de l'accepter.

Norton.

## Norton.

Tenés, en honneur, je voudrais vous
infpirer autant de confiance en moi, que
j'ai d'admiration pour vous, & connaître
votre fecret pour etre en état de foulager
vos peines.

## Faneli.

Monfieur, vous paraiffés fi honnète, que
je ne craindrais pas de vous confier le fecret
de ma vie, fi elle feule était compromife.
Mais des interèts plus chers me forcent
au filence.

## Norton.

Mais fi ces interèts vous rendent malheureufe, vous avés tort d'en faire miftère. Par-
lès, je me charge de vous défendre, même
de vous venger de ceux qui vous font du mal.

## Faneli.

Je n'ai point à me venger; je n'ai point
à me défendre; je ne hais perfonne; & tous
les fecours humains ne changeraient rien à
mon fort. Je voudrais en vain le cacher;
je

je fuis malheureufe . . . . helas! je ne l'ai
pas toujours été ; mon fort fut digne d'envie,
autant q'il eft digne de pitié.

### Norton.

De plus en plus je vous admire. Je le
vois, vous êtes innocente, & les remords
n'entrent pour rien dans vos douleurs. Vous
mérités un fort plus heureux.

### Faneli.

Je ne peux retrouver le bonheur, qu'en
recouvrant ce que j'ai perdu ; & il n'eft pas
en votre pouvoir de me le rendre.

### Norton.

Je parierais que l'amour y eft pour quelque chofe. La mort vous a fans doute enlevé un époux chéri. Le coup eft cruel, je
vous plains de tout mon cœur. Mais quant
à la perte que vous avés faite ; je ferais peutêtre, quoique vous en difiés, celui qui pourrait les mieux la réparer . . . tenés, je fuis
Anglais, & je viens d'un païs ou l'on fait
rendre hommage à la vertu. Vous m'avés
fait

fait impreſſion, & lorsque je vous connai-
trai un peu mieux, je vous offre & mon
cœur & ma main.

### Betſi. (*à part*)

Mais voilá un homme qui prend ſeu
bien vite.

### Faneli.

L'offre de votre cœur n'ajouterait q'uà
mes chagrins. Quand on eſt malheureux ſoi
même, il eſt cruel de faire des malheureux.
Vous méritéſ ſans doute plus que je ne pourrais vous donner.

### Norton.

Je ſuis riche. C'eſt l'emploi des richeſſes qui fait le bien-ou le malêtre de l'homme, & je ſaurai me ménager parlà le plaiſir d'honorer la vertu malheureuſe. Loin
d'abuſer du bienfait que je vous deſtine, je
vous jure que je vous laiſſerai tout à fait libre ſur mon amour.

### Faneli.

Fuiéſ l'amour. Si votre cœur s'engageait
une fois, vous finiréſ, helas! par etre cou-

E                       pable

pable, ou malheureux. Oui, l'amour ne laiſſe
tôt ou tard que le choix du crime ou de l'infortune. Pour moi, je ſens que je ne ſuis
point née pour faire des heureux, ni pour
l'etre moi même.

### Norton.

Mais c'eſt mal répondre à mes propoſitions.

### Faneli.

C'eſt à votre raiſon, c'eſt à votre équité
que je m'adreſſe, & vous me paraiſſés trop
franc vous même pour me faire un crime
de ma franchiſe. Adieu, Monſieur, em-
portés mon eſtime & ma reconnaiſſance; je
vous dois l'une & l'autre. (*elles ſortent.*)

# Scene III.

### Norton.

Ma foi, je la vois partir à regrét. Elle ne
prend point mon chemin.... ſi je n'avais donné parole à Milfort d'etre aujourdhui chés lui,
je ſerais homme à la ſuivre, pour découvrir
ſa ratraite ..... jamais femme ne m'a
interreſſé comme celle cy .... & cela, au
premier abord.... à mon age le cœur n'y
devrait

devrait entrer pour rien; mais le malheur apparent de cette jeune perſoune vient de faire une telle impreſſion ſur le mien, que je ne ſais pas ce qu'il en réſulterait ſi je la connaiſſais davantage. . . . . . . Allons, chaſſons toutes ces idées. Peutêtre ne la reverrai-je de ma vie . . . . . mais ſi c'etait une avanturière? . . . . on en trouve tant aujourdhui . . . . qui ſait ſi ce n'eſt pas pour éviter la punition de quelque ſaute qu'elle ſuit? . . . . ſi donc, Norton, . . . . ſoupçonner le crime! on eſt déja aſſés malheureux d'etre obligé de le croire quand il eſt avéré . . . non . . . cette femme a un air ſi honnêt, ſi décent, que je me rendrais caution pour elle . . . . le plus ſage maintenant c'eſt de n'y plus penſer. Remontons dans notre voiture. Je ſuis à une portée de fuſil de chés Milfort. Allons dans les bras d'un ami oublier une avanture auſſi ſinguliere. (*il veut ſortir, & apperçoit Courland*) Mais que vois-je? . . . ne voilá t-il pas déja ce maudit Courland que ma mauvaiſe étoile me fait rencontrer. C'eſt bien le plus ennuyeux perſonnage que je connaiſſe.

E 2

Depnis

Depuis qu'il a été en France il se croit si beau, si bienfait, qu'il tremble en parlant de déranger sa figure. Je ne puis l'éviter . . . . . Mais ne serait il point à la poursuite de ces femmes? Ceci m'interesse. Interrogeons-le. S'il me donne une reponse satisfaisante ce sera peutêtre la premiere fois de sa vie que son verbiage aura été de quelq' utilité.

# Scene IV.
## Norton, Courland.

**Courland.** *(appercevant Norton.)*
Eh bonjour, cher Norton; qui Diable vous aurait cherché icy? D'ou venés vous? ou allés vous? qu'attendés vous? qui vous amène en ces lieux.

### Norton.
Oh ça, à la quelle de vos questions voulés vous que je réponde, s'il vous plait?

### Courland.
à la quelle? . . . ma foi, mon ami, à la premiere venue; cela m'est égal.

Norton.

### Norton.

Vous êtes toujours le même, comme je
vois, & l'air de l'Angleterre ne vous remettra plus dans le naturel du païs. Eh bien
donc, pour répondre à une de vos queſtions
je vais voir Milfort à ſa terre.

### Courland.

Et moi, j'en viens. Vous allés chés lui,
dites vous? vous viendrés très à propos.
Vous êtes un peu triſte, & vous cadrerés
fort bien avec lui. Pour moi qui aime la
gaieté; je n'ai pas voulu me gâter & ſuis
parti pour diſſiper l'humeur ſombre qu'il
m'avait donnée.

### Norton.

Vous de l'humeur ſombre? allés mon
cher, quand on préfére la gaieté à un ami,
l'on ne risque pas de gagner cette maladie.
Oh ça, parlons raiſon à préſent. Je viens
de rencontrer icy deux femmes, il m'a ſem-
blé que vous les ſuivés. Les connaiſſés
vous? qui ſont elles? ou vont elles? Parlés,

## Courland.

Oh, Oh! doucement donc, vos queſtions ſont plus vives que les miennes. Diable! Sir Norton, comme vous vous intereſſés an beau ſexe!

## Norton.

Ne tournons point les choſes en plaiſanterie. Dites moi ſeulement ſi vous les connaiſſés.

## Courland.

Moi? non: je ne les connais pas, il y a une demie heure que je vous vois de loin cauſer avec elles; mais ne vous connaiſſant point, crainte de vous gêner, je n'oſais approcher. Et à vous dire le vrai, cependant, c'eſt la curioſité qui m'a fait deſcendre de chaiſe.

## Norton.

Si c'eſt là tout ce que vous pouvés me dire, adieu, Sir Courland. Je ne puis m'arrêter plus long tems. Milfort eſt dans la triſteſſe, dites vous? je vais le conſoler &

vous

vous remplacer, vous dont l'humeur brillante & agréable demontre un cœur auſſi inſenſible à l'amitié, que votre tête eſt legére en reflexions. (*il ſort.*)

## Scene V.

### Courland.

Cet homme eſt toujours auſſi maſif q'uil l'était avant ſont départ pour l'Amérique, on le voit bien, il n'y a que la France pour former un jeune homme. Ce cenſeur impitoyable, m'accuſer de légereté ! . . . le coup que je vais tenter, prouvera bien mieux ma tendre amitié pour Milſort, que la ſienne. Il eſt vrai que cette amitié a toujours été partagée entre le mari & la femme . . . . Eh bien : je la leur prouve à tous les deux : je délivre Milſort d'une épouſe qu'il déteſte, & j'aſſure à Faneli un homme qui l'adore. Voilà ce qui s'appelle faire les choſes avec prudence. Mais ne perdons point de tems ; les gens que j'ai apoſté, ſont vers la ſortie du bois, & je n'attens que le ſignal de leur capture. Ce maudit contre tems m'a retardé

d'une

d'une heure la possession de Faneli. Cette
femme est outragée par son mari elle sera
peu étonnée de mon entreprise, & la confiance qu'elle a toujours eu en moi remettra
bientôt la vengeance entre ses mains. (*il
sort. Le théatre change & represente la salle
du premier acte.*)

## Scene VI.

### Sophie, Milfort.

#### Sophie.

Je vous avais engagé à venir passer quelque
tems dans cette maison de campagne que je
viens d'hériter de ma Tante. Mais je le vois
bien, cher Milfort, ce n'est pas le séjour
que nous habitons, ce n'est pas ce qui nous
environne, c'est la situation de notre cœur
qui fait notre mal - ou notre bienêtre.

#### Milfort.

Tu souffres, chere Sophie, & c'est moi
qui en suis la cause.

Sophie

### Sophie.

Je le vois, je n'ai plus de droit à ta confiance. Hier tu mes quittés fans que je fois avertie de la moindre chofe. On me dit qu'un Inconnu eft venu te chercher, que tu es forti avec lui, & je refte en proie aux plus affreufes inquietudes. Une partie de la nuit fe paffe: j'apprens en fin que mes conjectures n'etaient point fauffes, mais que tu as échappé au danger. Et toi bien loin de venir raffurer ce cœur qui t'adore, tu lui laiffés paffer la nuit la plus cruelle.

### Milfort. (*à part*)

Ah! Dieu. (*haut*) Cet Inconnu, chere Sophie, eft un implacable ennemi, je lui devais fatisfaction . . . . . j'avais de bien grands torts envers lui . . . . il eft . . . . ne m'en demande pas davantage, c'eft à tes genoux que je t-en conjure. (*il fe met à genoux.*)

### Sophie.

Tu le veux? Eh bien, je m'y foumets, je ne te prefferai plus de m'ouvrir ton cœur,

et

et je ne défire que la préfence de Norton,
pour te rendre la tranquilité.

## Scene VII.

### Sophie, Milfort, un Valet.

#### Le Valet.

Milord, Sir Norton eft arrivé, il me fuit.

#### Sophie.

Ah! mon ami, allons le recevoir.

#### Milfort.

Norton! . . . que vais - je devenir? . .
ô Ciel! . . je tremble qu'il ne m'arrache
mon fecret. (*Le valet fort.*)

## Scene VIII.

### Sophie, Milfort, Norton.

#### Norton.

Viens, cher ami, que je t'embraffe.

Milfort.

### Milfort.

Ah! Norton, quelle eſt ma joie de te revoir.

### Norton.

Et la mienne donc? . . . . (*appercevant Sophie.*) Mais pardon; n'eſt - ce pas là ta nouvelle épouſe?

### Milfort.

Oui, la voilá cette Sophie dont je te parlais dans ma lettre. Voilá la compagne chérie qui fait maintenant le bonheur de mes jours.

### Norton.

J'applaudis à ton choix. (*à Sophie*) Miladi, un ami de Milfort a quelque droit à votre éſtime.

### Sophie.

Elle vous eſt acquiſe depuis longtems, Monſieur, & j'attendais avec impatience 'inſtant de vous en aſſurer.

### Norton.

### Norton.

Milfort, c'eſt maintenant que je te ſais compliment ſur ton mariage. Comme je te connais, je me défiais un peu de ton enthouſiaſme amoureux. Ce n'eſt jamais une mortelle qu'on aime, c'eſt toujours une divini Le corps, l'esprit & le cœur, tout cela ef parfait. J'ai voulu voir Sophie avant de juger de tout ce que tu m'en as dit. (à Mi fort à part) Ce n'eſt pas une déeſſe; (haut mais c'eſt une femme qui me parait aimable, & ſi ſon caraẟère répond à ſon extérieur, je t'en félicite. Pardon, Milady; je ſuis franc, mais c'eſt un droit que me donne ſur Milfort notre ancienne amitié.

### Sophie.

Votre franchiſe, Monſieur, ne me cauſe ni peine, ni etonnement. Au contraire, elle me donne l'opinion la plus avantageuſe de votre cœur.

### Norton.

Je ne me ſuis jamais ſenti le cœur ſi tendre pour les femmes qu' aujourd'hui. Il

faut

aut que je te conte une singuliére avanture
ue j'ai eu à un demi quart de lieue d'icy.
ette recontre imprévue ne me sort point
e la tête.

### Milfort.

Quelle rencontre?

### Norton.

La rencontre de deux femmes dont la
oiture s'etait cassée. Je fais arrêter ma
haise, elles voulaient m'éviter: je le suis, je
es approche, & je lie conversation. Celle
ui me parut etre la maitresse, avait un air
oble, gracieux, mais abattu, qui m'inte-
essa en sa faveur. Je vis en causant que
on esprit répondait parfaitement à sa
auté. Mais le chagrin était peint sur son
isage, & malgré mes questions, je ne pu
ien tirer d'elle. Selon les apparences, je
la crois Veuve. Cette femme m'avait frap-
pé à tel point, que sans beaucoup de façons,
je lui avais proposé de la consoler de son
vevage. Tout en honneur cependant. Tu
sais comme je pense sur cet article.

Milfort.

### Milfort.

Et a t-elle accepté tes offres?

### Norton.

Non: elle m'a donné des confeils . . . .
& quand une femme donne des confeils, c'est
autant que fi elle vous donnait une audience
de congé.

### Milfort.

En conféquence tu aura pris le tien?

### Norton.

Oui: & elle aufli . . . ♪ malgré cela je
ne puis l'oublier. Chaque mot qui lui
échappait anonçait une ame fenfible, la candeur était peinte fur fon front. Il faudrait
une adreffe bien étonnante pour feindre à
ce point là. Il n'y a pas de milieu, Mil-
for ou c'eft un ange, ou ceft un monftre.
Cette femme eft impénétrable. J'ai remar-
qué encore une efpece d'Argus auprés de la
voiture qui de loin ne quittait les yeux de
deffus nous. Cela m'a donné aufli l'idée

que

que ce pourrait etre une femme que l'on opprime.

### Milfort.

Dieu! c'est Faneli qu'il a rencontré.

### Sophie.

Je prens autant de part que vous à cette infortunée. (à Milfort.) Heureux ceux qui sont exemts de chagrin, & qui n'ont rien à se reprocher.

### Milfort.

(à part) Ah! Dieu! . . . . .

### Norton.

Ce n'est pas tout. Pour comble de malheur, e rencontre ton charmant ami Courland.

### Milfort.

Courland? . . . . . & où allait il?

### Norton.

Oh! c'est ce qui m'interessait le moins. n dieu, que cet homme est fatiguant! La

loi

loi devrait bien fermer les portes de Londres à tous ces Anglais apostats qui viennent de troquer à Paris leur vertu contre des airs & des manieres. J'aime encore mieux un Français: du moins ses airs lui sont naturels, mais un tel homme n'en est que le singe.

### Sophie.

Je commence à douter beaucoup de l'amitié de Courland: toutes les instances de Milfort n'ont pu le retenir; il part demain pour un voyage, qu'il ne peut retarder, dit-il.

### Norton.

Le sot personnage! je l'ai trouvé encore plus poli que lors de mon départ. Il est même précoce en politesse, c'est à dire en politesse de petitmaître. Et je me souviens qu' avant de m'embarquer pour l'Amérique, toutes les fois que je le rencontrais, je lui criais de loin que je me portais bien, à fin de lui épargner la peine de me le demander. J'attens une grace de ton amitié: c'est de me donner par écrit les jours qu'il soupe chés toi, à fin que j'aye grand soin de ne m'y trouver.

Sophie

### Sophie.

Je rends grace au ciel qui vous a renvoyé près de votre ami. Il est dans un état
qui m'afflige.

### Milfort.

Il est vrai, je ne me sens pas bien . . . .
ma santé se dérange.

### Norton.

Eh bien, viens t - en passer quelque tems
à ma terre; l'air y vaut mieux qu' icy: &
même, mon intention etait de t'emmener
avec moi.

### Milfort.

Norton, dispense moi de te suivre. J'ai
içy des affaires indispensables à finir.

### Norton.

Vains prétextes. Je ne veux point de refus: tu fais que je ne suis point un ami exigeant, mais je te demande cette marque de
ton amitié. D'ailleurs j'ai à te consulter
sur bien des choses qui regardent ma nouvelle terre.

F                    Sophie.

## Sophie.

Milfort, ne refuſe point ton ami; tr obligeras en même tems Sophie. Et pour qu'il ne manque rien à ton contentement, nous emmenerons ta fille.

## Milfort.

Eh bien, je me rens. Allés, Sophie, or-donnés que tout ſoit prêt pour demain. Que peut on refuſer à un ami, quand il eſt ap-puyé par vous. (*Sophie ſort.*)

# Scene IX.
## Norton, Milfort.

### Norton.

Mais que Diable as tu donc? Je ne te re-connais plus.

### Milfort. (*embarraſſé.*)

Norton, dis moi: qui crois tu que puiſſe être cette perſonne que tu as rencontrée?

### Norton.

Je t'ai déja dit mes conjectures: je n'en fais pas d'avantage.

Milfort.

### Milfort.

Et Courland, t'a t'il dit qu'il la connaiſſait?

### Norton.

Tiens, ne me parle pas de ce Courland, tu vas me rendre toute ma mauvaiſe humeur.

### Milfort.

Eh bien, ſoit. Mais ne t'a t-elle point fait quelque confidence?

### Norton.

Aucune: je te le jure: je te l'ai déja dit.

### Milfort.

Mais ne t'a t-elle fait naître aucune idée, que tu veuilles me cacher? . . . . Ce n'eſt pas que j'y prenne intérêt; mais . . . . ſais tu ſon nom? le lieu qu'elle habite? d'ou elle vient? où elle va?

### Norton.

Mais dis moi donc; es tu fou? je te parle d'une jeune perſonne, que je n'ai vu

F 2                      qu'un

qu'un inftant, & par hazard encore ; & il
faudrait te dire fur le champ fon païs, fon
nom, fa demeure, fon âge. Que fais-je?
ne prétens tu pas encore que je l'aye fait
peindre pour te faire voir fon portrait.

### Milfort.

Ecoute, je ne te blâme pas de l'aimer . . . mais il faut prendre garde . . . .
quelque fois on ne voit que du plaifir dans
la perfpective . . . mais enfuite . . . . .

### Norton.

Eh bien, ne vas tu pas me donner des
confeils auffi, toi? . . . . Comme tu prens
feu la deffûs! tu me ferais presque croire
que j'ai fait mon confident de mon rival.

### Milfort.

Qui? moi! (*avec un rire forcé*) tu plai-
fantés . . . . . ah Sophie feule règne fur
mon cœur.

### Norton.

Vas, je n'en doute point . . . je t'ab-
horrerais, fi tu ceffais de l'aimer. Toi, trahir

hir Sophie! Si je le croiais! . . . je ne me bornerais pás à te déshonorer partout. Je crois qu'il faudrait nous couper la gorge . . . oui, je le crois . . . . . mais ne parlons plus de cela: tu feras honnête-homme en dépit de toi-même. Songes-y bien. Rentrons. Il eft bientot tems de fe mettre à table. Je me fens de l'appetit; je ferai honneur à ton diner; & après avoir bû à ta fanté & à celle de ta femme, je veux noyer dans le vin & mon amour pour ma belle inconnue, & la mauvaife humeur que ce fat de Courland m'a donnée.

## Fin du troifieme Acte.

Acte

# Acte Quatrieme.

## Scene I.

### Sophie, Norton.

#### Sophie.

C'eſt a vous que j'oſe confier mes peines, ô reſpeċtable Norton, à vous l'ami de Milfort, & j'oſe presque dire le mien, quoiqu'il n'y ait entre nous qu'une liaiſon fort récente. Dés le premier abord vous m'aves inſpiré l'eſtime, & mon amitié l'a ſuivie de près.

#### Norton.

Mon ame franche & ouverte à quiconque y veut lire; abrége les préliminaires de l'amitié. Les gens ceremonieux, lors qu'ils ſont faits pour s'aimer, ont plus de chemin à faire, & s'aiment plus tard. Ils ont une double tâche à remplir; ils ont à détruire la politeſſe, & à faire naître l'amitié. Mais ma façon d'agir coupe court à tout cela.

#### Sophie.

### Sophie.

Je me croirais indigne du sentiment que vous m'inspirés, si mon cœur ayant à s'epencher au sein d'un ami, j'avais choisi un autre confident que vous.

### Norton.

Parlés, Sophie, si mon amitié peut vous etre utile, il n'est rien que je ne fasse pour vous obliger. Confiés vous à moi.

### Sophie.

Depuis quelques jours je me sens en proie aux plus vives allarmes, & Milfort en est l'objet. Il me semble que le calme n'est pas dans son ame. Je surprends quelque fois des soupirs qui ne font pas d'un époux heureux. Ne prennés point la confidence que je vous fais içy, pour l'effet d'un mouvement jaloux. Si je suis allarmée, croyés que je ne le suis que pour Milfort.

### Norton.

Il y a une couple d'heures que je suis içy, & je m'apperçois qu'il a quelque chagrin qu'il diffimule. Mais pourquoi ne s'ou-

vre-

vre-t'-il pas à vous? j'ai toujours, depuis
que je le connais, trouvé la diſſimulation
bien loin de ſon cœur.

### Sophie.

Ah! Norton, tout ce qu'il a d'heureux
à m'apprendre, il me le dit avec tant d'em-
preſſement! Je partage ſi bien ſes plaiſirs;
n'eſt il pas juſte auſſi que je partage ſes
peines.

### Norton.

Sophie, ſoyés plus tranquille. Je l'attends icy, il va s'y rendre. Je lui dirai tout
franchement de quoi j'ai à l'entretenir. Ce
que j'ai ſur le cœur eſt toujours près de ma
langue; je dis tout. Soyés aſſurée que j'aime Milfort autant que vous pouvés l'aimer.

### Sophie.

Croyés encore une fois, que ce n'eſt pas
la jalouſie qui vous implore; c'eſt ma tendreſſe pour lui. Forcés Milfort a rompre le
ſilence. Vous ſavés que ſouvent un mot
qu'on n'a point dit, a fait deux malheureux
à la fois. Prévenés ce malheur, Norton;

vous

vous le pouvés. Il vient. Je vous laiſſe,
& je compte ſur vos éſforts. (*elle ſort.*)

### Norton.

Cette femme me touche. Se pourrait que
Milſort . . . .

## Scene II.
### Norton, Milſort.

#### Norton.

Je t'attendais, Milſort ; je viens de parler à
Sophie, qui m'a conſié ſes allarmes. Elle
prétend que tu es changé, moi même je m'en
apperçois. Elle ne trouve plus en toi cette
douce tranquilité de l'amour heureux. C'eſt
une ſombre inquiétude dont tu t'obſtine à
cacher la cauſe. Enfin d'après la confidence
de Sophie, qui te ſoupçonne malheureux, je
ſuis quelque ſois tenté de te juger coupable.
Car ſi tes chagrins étaiént ſans reproches,
tu les decouvrirais à ton ami.

#### Milſort,

Cher Norton, digne ami! . . . . . crois
que s'il était en mon pouvoir . . . . Prens

pitié

pitié d'un malheureux . . . . . non . . . . . je
ne fuis point injufte envers l'amitié; mais il
eft des peines qu'il faut lui dérober. N'accable pas par tes quéftions un ami défespéré;
ne le perfécute pour favoir fon fecret. Ah!
fi mon cœur doit etre déchiré, que ce ne
foit pas du moins par les mains d'un ami.

## Norton.

Non: je veux le favoir abfolument. Je
ne retournerai point à ma campagne que je
n'aye éclairci cette affaire, & que je n'ai
rompu avec toi, ou rendu le calme à l'ame
de Sophie. Je veux bien fuspendre mon
jugement: je te crois même innocent jusque
là . . . . . je t'aime encore, fauf à te haïr
après fi tu le mérités.

## Milfort.

Mon ami, je ne mérite point des reproches; & s'il faut chérir Sophie, pour te
plaire; ah! Norton! que tu dois m'aimer!
Elle n'a jamais regné auffi tyranniquement
fur mon ame.

## Norton.

## Norton.

Et cependant tu n'es pas heureux. N'en parlons plus. Car tout cela me rend aujourd'hui l'humeur noire. Milfort, ta maladie, cette jeune Inconnue que je ne puis oublier, tout me fâche autour de moi. Cependant je fuis bien aife que Sophie ne foit pas la caufe de ta triftefie & que tu l'aime toujours; car les larmes d'une femme aimable trahie par un infidele, doivent faire impreffion fur le cœur le plus dur. Si tu avais vu cette jeune perfonne, tu en aurai été touché, attendri comme moi. Il n'eft pas befoin de l'aimer, il ne faut qu' avoir un cœur pour pleurer fur cette innocente victime. Mais, dis moi, Milfort, quel peut etre l'homme affés lâche pour trahir une âme auffi fenfible? plus j'y penfe, plus je vois que c'eft une femme abandonnée.

## Milfort.

Eh! marie toi, bourreau, marie toi. Difpofe de ton cœur de ta fortune; tu peux tout promettre, tout donner, te donner toi-même; venge fi tu peux ta veuve infortunée

née . . . . . . . Je hais comme toi, . . . ;
j'abhorre fon perfide époux . . . . . Il eft
digne du mépris des hommes & du courroux
du ciel . . . . mais ne m'en parle plus,
Ton amitié, & ta confiance m'aſſaſſinent.
Laiſſe moi feul . . . . . tout m'eſt odieux.

### Norton.

Eſt-ce à moi que ce difcours s'adreſſe,
Milfort? Cruel ami, le remord eſt dans ton
cœur. Tu ne te connais plus. Je veux ſa-
voir la caufe de ton défefpeoir, je t'arracherai ton fecret . . . . je te le demande au
nom de l'amitié . . . . tu te tais . . . . ferais tu criminel? ah! fi tu l'étais . . . C'eſt
dans mon cœur encore qu'il faudrait dépo-
fer tes forfaits.

### Milfort.

Pardonne, cher Norton; un aveugle
tranfport m'avait entraîné. J'aurai peutêtre
offenfé ton amitié; j'aurai bleſſé ton cœur.
Mon cher Norton! Mon refpectable ami!
prends pitié du malheureux Milfort.

### Norton.

## Norton.

Milfort, je ne te reconnais plus. Eſt-ce
là cet ami dont l'ame élevée bravait tous les
revers de la fortune ? Reprens courage. Eſt-
ce etre homme que ſuccomber au chagrin ?
Oſe rendre toute ta confiance à un ami qui
n'eſt ni dur ni inflexible.

## Milfort.

Au nom de l'amitié que tu m'as accordée,
& que je méritais . . . . . au nom de cette
pitié que tu n'as jamais refuſée à l'infortune, Norton, mon cher Norton! ne me per-
ſécute plus. Si tu ne peux guérir mes blef-
ſures, ne cherche point à y verſer du poiſon.
Si tu ſavais, Norton, de combien de coups
de poignard tu as déja percé mon cœur!
Non, tu ne traiterais pas ton ami avec tant
de cruauté. Je ſuis condamné à ſupporter
ſeul le poids de mes maux. Ah! mon ami,
ne me haïs point. Quand je t'offenſerais,
quand je ſerais injuſte envers toi, ne me
haïs point. Punit-on le délire d'un
mourant ?

Norton.

### Norton.

Moi te haïr! . . . . Vas, garde ton fatal
secrèt, & crois que je souffre plus de te soup-
çonner coupable, que si tu m'avais avoué
ton crime. Le plus grand mal que tu me
fasse, c'est de me mettre dans le cas de douter de ta vertu.

### Milfort.

Ah! sois plus clement que le Ciel . . . .
qui ne pardonne jamais . . . . . . mais, que
dis-je? . . . . Il mesure la peine au crime;
le ciel . . . . . Norton. Malheureux! . . . . .
que je suis à plaindre! & que je te plains
de m'avoir connu. (*il sort.*)

# Scene III.
### Norton.

Cet homme est coupable. Il y a là dessous
quelque chose qui m'épouvante . . . . . quelqu' action de sa vie a laissé le remords dans
son cœur. Les souhaits le plus avantageux
que je puisse faire en sa faveur, c'est qu'il
ait perdu la raison . . . . . Milfort qu' as
tu fait? Quel est cet horrible secret? . . . . .

Voilà

Voilà donc pourquoi je brulais tant de revenir dans ma patrie, pour te voir souffrir, pour te voir mourir, peutêtre . . . . Ah! mon ami!

## Scene IV.
### Sophie , Norton.

#### Sophie.

Eh bien, cher Norton, vous venez de parler à mon mari. L'amitié a t'elle eu assés de pouvoir sur lui pour mériter sa confiance.

#### Norton.

Quand j'aurais une tète trois fois mieux organisée que la mienne, elle ne tiendrait pas contre tout ce qui se passe autou de moi. Que ne suis-je encore au delà des mers! que suis-je venu faire içy?

#### Sophie.

Vous n'avés donc pu rien tirer de lui?

#### Norton.

Non. Il s'obstine tout à fait au silence . . . . il régne dans ses discours un trouble, un desordre qui augmente à chaque instant, & qui me plonge dans les ténèbres les plus effrayantes.

#### Sophie

#### Sophie.

Ah! Dieu! que me dites vous?

#### Norton.

Helas! je sens que je déchire votre cœur, mais je ne suis pas assés tranquille pour pouvoir vous consoler.

#### Sophie.

Malheureux Milfort, je te verrai donc souffrir, t'abîmer dans la douleur, & je n'oserai t'interroger! . . . . l'abandonnerés vous trop genereux ami?

#### Norton.

Moi, l'abandonner! . . . . non: je n'oublierai jamais mon ami, quand il ferait coupable . . . . Mais quel bruit entens-je?

# Scene V.

## Sophie, Norton, un Valet puis Faneli, Courland & des Paisans.

### Le Valet.

Miladi, plusieurs de vos paisans viennent de sauver une jeunne personne qu'on enlevait, & le ravisseur est arrêté.

Faneli.

### Faneli.

*(elle s'échappe de la foule & vient éperdue se jetter aux piéds de Sophie.)*

Ah Ciel! fecourés moi, fauvés moi de fes mains.

### Norton.

Parbleu! Voilà mon Inconnue.

### Sophie.

Votre Inconnue! . . . . . .

### Norton.

Oui elle même.

### Sophie.

Raffurés vous, mon enfant, vous êtes en fureté. *(appercevant Courland)* Mais que vois-je? Courland . . . oh! l'indigne!

### Norton.

Courland! . . . oh le traitre! -

### Courland.

He bien, vous voilà bien étonné pour peu de chofe.

### Norton.

Pour peu de chofe! . . . . *(avec colére)* morbleu! . . .

G⁊         Cour-

### Courland.

Modérés votre tranſport, Sir Norton, ou je me facherai.

### Norton.

Ne vous en donnés peine car la colère d'un homme comme vous eſt trop mépriſable ; c'eſt moi qui vous le dis, ſi vous ne le ſavés pas.

### Sophie.

Et vous êtes l'ami de mon epoux ! . . . Quel eſt votre deſſein ? Qu' êtes vous à cette jeune perſonne ? avés vous des droits ſur elle, ou n'êtes vous que ſon raviſſeur.

### Courland.

Je ne ſuis point accoutumé à rendre raiſon de ma conduite ; & puis d'ailleurs il me faut du tems, pour répondre à des interrogations auſſi nouvelles.

### Norton.

Vous ne commendés point à la loi : & la loi condamne & punit la violence.

### Sophie.

Repondéz, cher enfant, contre qui demandés vous du ſecours ?

Faneli.

### Faneli.

Helas! je l'ignore moi-même. Ayés pitié d'une infortuneé, toujours innocente, toujours punie. Tandis que je pleurais mes malheurs, fans efpeoir de les voir finir, cet homme cruel fuivi d'une troupe armée eft venu fondre fur moi, & ils m'ont enlevée. l'ignore s'ils font vendus à la haine ou à l'amour ..... plus à craindre encore pour moi. Je crains également d'etre la proie de l'un ou de l'autre. Ah! daignés me fecourir. l'artout ce qui vous eft cher, fauvés moi de leurs mains ...... (*fe jettant à genoux*) Je vous confacre dés ce moment ma vie, mon honneur; daignés fauver l'un & l'autre. Secourés moi.

### Norton. (*à Courland.*)

Allés, fuifliés vous encore au deflùs de votre rang vous en êtes déchu, par le crime dont vous êtes coupable.

### Sophie.

Rougifíés, Courland, d'un trait auffi indigne.

Cour-

#### Courland.

La vertu de cette jeune innocente n'a pas toujours été auſſi timide, qu'elle l'eſt aujourd'hui; croyés qu'elle vous en impoſe.

#### Faneli.

Qu'entens-je? Moi, vous en impoſer; (*à Sophie.*) Non: votre cœur n'eſt pas plus pur que le mien. Qui, moi, je chercherais encore à etre aimée! quand je voudrais oublier que je le fus autre fois . . . . il m'en a couté cher! . . . helas! de tous les biens que le ciel m'avait accordés l'amour ne m'a laiſſé que l'innocence: c'eſt elle en ce moment qui implore votre pitié.

#### Sophie. (*à part.*)

Se pourrait-il qu' avec le front, l'accent de la vertu, elle portât un cœur criminel? Se pourrait-il qu'elle eut conſervé, au ſein du vice, cette candeur, la compagne de l'innocence? (*à Courland.*) Mais en fin, que prétendés vous par cette violence?

#### Courland.

L'éloigner de ce païs çy ou elle gêne bien du monde.

Faneli.

### Faneli.

Homme groſſier & méchant, tu m'oſe
inſulter! ſais tu bien qu' à l'orgueil du rang,
que je partage avec toi, je joins l'orgueil de
la vertu que tu ne connus jamais.

### Sophie. (*l'embraſſant.*)

Oui, vous êtes innocente. Je ne doute
point de votre vertu. Demeurés prés de
moi, ſi vous me jugés digne de vous poſſé-
der. Vivés avec moi; mais daignés m'apprendre qui vous êtes, quels ſont vos
malheurs.

### Norton.

Oui, dités quel eſt votre nom, vous ne
l'avés point déshonoré ; oui, qui que vous
ſoyés, je le crois (*regardant Courland avec
colére.*) je le ſoutiens, & le ſoutiendrai contre qui me le diſputera. Votre vertu eſt
digne de votre naiſſance.

### Faneli.

Quoi, c'eſt vous, généreux étranger, hélas! que me demandés vous? Je vous l'ai
dit ce matin. Le ſecrét de mes malheurs
ne m'appartient pas.

Sophie.

#### Sophie.

Dités, ne nous cachés rien.

#### Faneli.

Il est bien dur, & c'est un de mes chagrins, quand votre cœur généreux s'interesse pour moi, de ne pouvoir vous ouvrir
le mien. Daignés me pardonner un silence
qui pourrait passer pour ingratitude. Helas!
Je ne suis point ingrate; & si en ce moment
je pleure dans vos bras, c'est moins de mes
malheurs, que de l'effort douloureux que je
fais pour vous les cacher. Rassurés ma sensibilité allarmée; me pardonnerés vous?...

#### Sophie.

Oui, je respecterai votre secrét, & je
ne veux m'en venger que par les éfforts que
je ferai, pour m'en rendre digne. Mais voiçy mon epoux.

# Scene VI.
## Sophie, Faneli, Norton, Milfort, Jenni, Valets.

**Milfort.** (*tenant Jenni par la main.*)

Que se passe t-il Sophie? Quel tumulte y
a t'il dans le chateau?

Jenni.

Jenni. *(appercevant Faneli court à elle.)*
Ah! ma Bonne.

Faneli. *(se detournant aux cris de Jenni.)*
Oh ciel!

Milfort. *(reconnaissant Faneli.)*
Que vois-je! Faneli . . . . . *(Il tombe dans un fauteuil & Faneli tombe dans les bras de Norton.)*

Sophie. *(effraiée.)*
Faneli!

Norton.
Dieu! quelles horreurs fe découvrent *(appercevant les Domeſtiques.)* Laiſſés nous ſeuls, que perſonne n'entre içy, & qu'on ramène cet enfant à celle qui doit en avoir ſoin. *(un Domeſtique emmene Jenni.)*

Faneli. *(revenant à elle & allant ſe jetter aux pieds de Milfort.)*
Milfort, Pardonnés . . . . ce n'eſt pas moi . . . . Je ne vous ai point trahi. Grace, Milfort! Le hazard & la violence m'ont con-

G 4                    duit

duit içy, j'ignorais ou l'on m'entraînait . . .
je meurs à vos pieds. Daignés regarder l'infortunée.

Milfort. (*relevant Faneli avec
accablement.*)
Je suis un monftre.

## Sophie.

Vil impofteur, que vous ayés conçu le
deffein de me deshonorer, cette idée, graces aux meurs du tems, n'eft etrangere ni
à votre âge, ni à votre rang; mais la trame une foi decouverte, c'eft une audace qui
m'etonne. Je fuis Françaife : il eft vrai : vous
croiés peutêtre qu'il n'etait point de vertu
hors de votre patrie. Vous voulies vous enorgueillir de votre honteufe victoire, c'eft
donc là le prix que vous referviés — je le
dis en rougiffant — à mon amour! oui, je
vous aimais, ingrat; mais les jours de faibleffe font paffés. Quand ce cœur que je
meprife, puisqu'il a pu bruler pour vous
quand ce cœur ferait affés lâche pour vous
aimer encore, j'ai affés de courage pour le
combattre, & affés de force pour en
triompher.

Milfort.

### Milfort.

Puniſſés moi, vengés vous. Arrachés moi ce cœur qui vous a trompé toutes deux.

### Sophie.

Faneli, l'evenement dont je ſuis temoin, & dont je dois etre la victime, me laiſſe à peine en ce moment reprendre l'uſage de ma raiſon. Peutêtre, helas! votre cœur me garde une haine que je n'ai pas merité. Vous ne devés point me haïr . . . . non, vous ne me haïſſés pas. Vous futes perſecutée; mais je fus trompé comme vous.

### Faneli.

Non, je ne vous haïs point. Le ſouvenir de mes tourmens, ne me permet point de demeurer inſenſible aux votres . . . . . je ſens que je pourrais vous en vouloir . . . . . & je ne vous en veux point.

### Sophie.

J'ai formé des nœds illegitimes; j'ai été l'auteur de votre infortune, le complice des cruautés de Milfort; ſi je ſuis coupable, grand Dieu! quel cœur peut deſormais compter ſur ſon innocence? mais en fin

F 5 vous

vous vivés encore, mon fort eſt décidé. J'ai
tremblé, Faneli, à l'aſpect des devoirs que
m'impoſe l'équité, mais j'ai cauſé vos malheurs, je dois les réparer. Je renonce . . . . .
le cruel! comme il s'eſt joué de ma credu-
lité! . . . . je renonce à Milfort . . . . . je
vous rens votre époux. (*Milfort fait un mouvement de douleur.*) Puiſſe ſon repentir . . .
ſon amour . . . vous faire oublier ſes in-
juſtices.

### Faneli.

Vous avés aſſés de fermeté pour me cé-
der Milfort; je n'en ai point aſſés pour refuſer un don ſi précieux & ſi cher à mon
cœur. Peutêtre, helas! je n'aurais point
oſé le diſputer, mais je ne peux point re-
noncer à lui.

### Sophie.

Faneli, regardés Milfort. Ses remords
l'ont jetté dans un abbattement, dans une
langueur mortelle. Il eſt plus à plaindre,
peutêtre, que ſes victimes. Que, s'il ſe peut,
vos ſoins, votre amour le ſauvent de lui
même! Pour moi je vais porter loin de vous
— non pas ma honte, elle ne dépendait pas

*des*

des crimes d'autrui — mais mon amour, mes malheurs, & le regrèt d'avoir caufé les votres. Adieu, Faneli. (*elle s'arrête devant Milfort en fortant & s'en va avec defefpeoir.*)

## Scene VII.

### Faneli, Milfort, Norton, Courland.

#### Milfort.

Norton, fi tu daignes encore avoir pitié d'un miférable, tire moi d'icy. Tout ce qui m'environne m'accufe. Je fuis un criminel . . . . Et toi, Courland, après m'avoir refufé tes fecours & même tes confeils, c'eft au moment ou ton ami eft dévoré par les remords, que tu te préfente à lui.

#### Norton.

Lui ton ami! ceffe de lui donner ce titre qu'il ne mérita jamais ou dans l'inftant je renonce à toi. C'eft lui qui enlevait Faneli, & que des païfans ont empêché d'accomplir fon forfait.

#### Milfort.

Quoi, Miférable! tu aurais été capable d'une telle action! . . . . Vas, j'abhorre le

moment

moment ou je t'ai connu. C'eſt ta ſocieté qui m'a gâté le cœur, qui a d'un homme vertueux fait le plus grand des ſcelerats. Crains mon deſeſpeoir, abandonne ces lieux, ou je ne reponds pas de la râge que ta vue m'inſpire.

### Courland.

Ma foi, mon cher, j'ai cru t'obliger, mais je vois que mes ſoins te deplaiſent, & comme je n'aime point le bruit, ſur tout pour des miſères, je m'en retourne à Londres. Adieu.

# Scene VIII.
## Milfort, Faneli, Norton.
### Milfort.

Norton, tu m'abhorre ſans doute . . . . je le merite . . . . . aye pitié de ton ami.

### Norton.

Vas, ce n'eſt point à préſent l'inſtant ou je dois te faire des reproches, c'eſt à ton propre cœur à te les faire.

### Faneli.

Milfort, je le vois, jamais je ne reprendrai place dans votre cœur, les vertus de

Sophie,

Sophie, que j'admire moi même, y font trop bien gravées! ordonnés, j'irai fubir ma deftinée. Je vous aime trop pour etre temoin de votre malheur.

### Milfort.

Laiffés moi, Faneli, . . . . je n'ai pas la force de foutenir mes maux . . . . . Le defespeoir eft dans mon ame, je ne refpire que la folitude, . . . . qu'on ne m'approche pas . . . . . . qu'on me laiffe feul . . . . . j'abandonne le monde entier. (*il fort furieux.*)

### Faneli.

Ah, Dieu!

### Norton.

Venés chere Faneli. il faut veiller fur toutes fes demarches. Quand fon cœur fera calmé, l'amitié le forcera de tomber à vos genoux. (*ils fortent.*)

## Fin du quatrieme Acte.

Acte

# Acte cinquieme.

Le théatre repréſente le Cabinet de Milfort. Sur la gauche du théatre eſt
un bureau. Dans un des tiroirs l'on
trouve des Piſtolets, dans un autre
doit etre une petite bouteille ſuppoſée
remplie de poiſon. Au deſſus du bureau, il y a une caraffe pleine d'eau:
des verres &c.

## Scene I.

### Betſi.

Quel évenement extraordináire, quoiqu'il faſſe retrouver à ma maitreſſe
un bien qu'elle ne devait plus eſpé-
rer, je le vois mêlé de tant d'amertume, &
de tant de perils, que je ne ſais, ſi je dois
m'en affliger ou m'en rejouïr. J'en ſuis encore toute troublée.

## Scene II.
### Betſi, Belton.
### Betſi.
Ah! te voila? ſais tu tout ce qui s'eſt paſſé?
### Belton.

### Belton.

Oui. On vient de me le dire. J'ai rencontré à quelques pas du chateau des pay-
fans qui s'en retournaient, & qui m'ont in-
formé te tout.

### Betfi.

Mais qu'es tu donc devenu dans toute
cette bagarre? tu as difparu à l'inftant.

### Belton.

Ma foi, ma chere, j'ai agi de prudence.
Ces coquins là frappaient comme des fourds.
Il y en avait un qui femblait vouloir me
donner la préference, mais comme je ne
m'en fouciais point du tout, je me fuis re-
tiré au plus vîte.

### Betfi.

Toi, que te piqués de fervir ton maitre;
ne devais tu pas refter jusqu' au dernier
moment, & ne pas abandonner deux femmes presque mortes d'éffroi.

### Belton.

Tout cela eft fort bien. Je fervirai mon
maitre avec la plus grande fidelité tant que

mes

mes epaules n'y feront pour rien. J'ai bien
vu que ce n'etait pas moi que ces gens là
voulaient enlever; & fi j'eus refifté ils au-
raient pu m'éreinter.

### Betfi.

Et c'eft Courland, le digne ami de Milfort, qui avait tramé le beau deffein d'enlever Faneli.

### Belton.

Je ne fais pas quel charme attirait Milfort
vers cet homme là. Avant qu'il fit fa con-
naiffance, rien ne le tourmentait. Sitôt qu'il
s'attacha à lui, il donna auffi dans tous fes
travers. Moi, jetais obligé de me taire, &
mon maitre fe perdait.

### Betfi.

Je n'ai jamais eu plus de foi à l'amitié
de Courland qu' à fes mœurs.

### Belton.

Pour moi, je ne repondrais pas de la
tête de Milfort, mais le cœur eft bon. Avec
Courland c'eft tout le contraire. La tête
eft bonne, & le cœur eft mauvais.

### Betfi.

### Betfi.

As tu dejà vu Milfort?

### Belton.

Oui, je l'ai vu: à te dire le vrai, je tremblais de me préfenter à lui; mais il ne m'a pas dit un mot, tant il etait accablé... Dieu fait comme ceci finira pour moi, qui ai tout conduit . . . . . je crois que le meilleur parti que je puiffe prendre, c'eft de m'evader, & de revenir fi les affaires tournent bien. Mais j'en doute, car Sophie eft femme, elle eft outragée; il faudra qu'elle fe venge de Milfort, & moi je ne ferai point epargné.

### Betfi.

Ne crains rien de la part de Sophie. Non: jamais le cœur d'une femme n'enferme tant de courage. Elle n'a demandé aucun eclairciffement; elle a paru ne s'occuper que du foin de remettre leurs efprits; & dans l'inftant on vient de remettre à Milfort un billet de fa part, qui, felon ce que j'ai entendu, peint bien fon ame noble &

H                                     gene-

genereufe. Pour moi j'interprete à bien
l'heureux hazard qui vient d'amener Faneli
chés fon epoux.

### Belton.

Je le fouhaite, & ce que tu me dis, me
raffure un peu; car en honneur, fans cela
je ne reftais pas une heure içy.

### Betfi.

Helas! que de malheureux a fait Milfort!
mais qu'il eft à plaindre lui même! il eft
dans un accablement qui refemble à la ftu-
pidité. Le voiçy: retirons nous; il voudra
fans doute etre feul.

### Belton.

Oh! volontiers. Mais mêne moi auprés
de Norton; j'ai un compliment à recevoir
de lui dont je voudrais bien etre quitte.

## Scene III.

### Milfort. (*feul, une lettre à la main.*)

J'echappe par la grandeur d'ame de Sophie
à la juftice des hommes. Helas! il femble
que

que le ciel n'ait reſervé qu' à lui ſeul la
droit de me punir. Il applaniſſait tous les
obſtacles devant moi, je deſirais & il m'e-
xauçait. Tout ce que j'ai pourſuivi je l'ai
obtenu; & le ſuccès de mon crime en eſt le
châtiment. Et toi, Sophie, victime malheureuſe, tu m'oſes ecrire avec tant de
bonté. (*il lit*) „Je vous epargne, Milfort,
„de trop juſtes reproches: je ne veux vous
„parler maintenant que de vos devoirs.
„Quant aux miens, ils ſeront bientôt rem-
„plis, je vais chercher une retraite ou je
„puiſſe finir mes triſtes jours. Je n'ai pas
„même la force de vous accuſer. Vos re-
„mords, & tout ce que vous avés ſouffert
„depuis longtems vous a jetté dans un ac-
„cablement & dans une langueur mortelle.
„Je dois vous ſuir, pour moi pour vous même.
„Milfort, vous m'avés aimé, vos crimes at-
„teſtent votre amour . . . . quel amour fu-
„neſte! . . . . & qu'il a fait des malheu-
„reux! . . . rendés le tout entier à Fane-
„li . . . . du moins ſes maux ſont dans le
„paſſé: ſon infortune ſemble prête à finir, &
„mon ſupplice commence. Adieu. C'eſt

„moi

„moi qui ai caufé fes malheurs: elle en eft
„affés vangée.„

Dieu! quelle lettre! . . . . . Je poffe-
de tout ce que je fouhaitais; le bonheur eft
à mes côtés, & l'enfer eft dans mon cœur
. . . . Dieu! que le crime eft affreux quand
il eft commis! . . . . . mais pourquoi le
ciel m'avait il donné ce cœur brulant, qui
ne fentit l'amour qu'avec fureur. Pourquoi
me donner cette fenfibilité ardente, qui n'a
pu me laiffer à la fois innocent & malheureux? oh! que la juftice divine punit bien
plus feverement que la juftice des hommes!
combien les rigueurs, qu'elle exerce au fond
d'un cœur coupable, l'emportent fur les
tourmens, que nous avons inventés contre
le crime! Combien les remords, qu'elle arme
contre nous, font plus implacables que nos
bourraux! . . . Qu'on meurt longtems . . . .
(il tombe dans un fauteuil près du bureau)
mais pourquoi ne pas mettre fin à ces tourmens? . . . . . la mort n'eft qu'un inftant,
& le remord eft eternel. (il tire une petite
phiole qui eft dans un tiroir: il la regarde.)

Poifon,

Poifon, en m'otant la vie, tu me livres à la vengeance divine . . . . je crains de lui derober fa victime . . . . finiffons fes triftes jours. (*il prend un verre d'eau, y verfe ce qu'il y a dans la phiole, & voyant entrer Belton dont il croit avoir été apperçu, il fe leve brufquement & renferme la phiole dąs le tiroir.*) *à Belton.* Que veux tu ? . . . .

# Scene IV.

## Milfort, Belton.

### Belton.
(*il s'eft apperçu, en entrant, du mélange que faifait Milfort & en parait intrigué.*)

Milord . . . . Sir Norton m'envoye icy . . . . Miladi eft dans un état affreux . . . . Elle demande à vous voir . . . . allés, courrés . . . . Elle eft expirante.

### Milfort. (*avec un retour de pitié.*)

Malheureufe! n'eft-ce point affés de t'avoir perfecutée? faudra t'-il encore que je fois ton bourreau? allons la fecourir s'il

en

en est encore tems. (*il sort & laisse le poi-*
*son sur le bureau.*)

# Scene V.

## Belton.

(*il fait un mouvement comme pour suivre Mil-*
*fort, puis le laisse sortir & retourne au bu-*
*reau examiner le verre dans le quel*
*est le poison.*)

Quel Diable de melange vient il de faire
là? (*il regarde le verre*) Est-ce de l'eau.
(*il flaire d plusieures reprises.*) Non . . . . . ce
n'est pas de l'eau pure . . . . . . ceci m'est
suspect . . . . . (*il flaire encore.*) Cela sent
quelque chose . . . . . le goûterai je? . . .
non parbleu! je pourrais en etre la du-
pe . . . . . . Je lui ai vu cacher subitement
quelque chose quand je suis entré. Voyons
ce que c'est. (*il ouvre, trouve la phiole &*
*l'examine.*) La chose n'est plus douteuse,
il veut s'empoisonner. C'est le ciel qui m'a
envoyé à l'instant ou il allait avaler le poison . . . . . il faut agir içy prudemment.
Si je decouvre la chose, cela va faire un
bruit

bruit affreux dans le chateau, & Faneli n'eſt point en état de ſoutenir encore ce coup . . . faiſons mieux . . . . . je ſuis ſur qu'il n'y a pas un de ces ſous qui s'empoiſonnent qui ne déſire, la ſottiſe faite, avoir agi plus ſagement, & qui ne donnerait la moitié des jours qu'il avait encore à vivre pour ſauver l'autre moitié . . . . . s'il n'abandonne ſon deſſein, laiſſons le dans l'idée de s'etre empoiſonné: un quart d'heure après il s'en repentira, & cette leçon lui en ſera paſſer le goût. Mais ne perdons point de tems il pourrait revenir. Jettons ce malhereux breuvage, & verſons en place de l'eau fraiche, cela ſera plus de bien à ſon eſprit échauffé. (*il jette l'eau qui eſt dans le verre & en remet de l'autre.*) Maintenant viſitons s'il n'y aurait pas quelqu' autre petit paquet ou phiole. (*il viſite & prend celle qui eſt dans tiroir.*) Celle çi eſt vuide, elle n'eſt plus dangereuſe. (*il viſite tous les tiroirs & trou-des piſtolets.*) Diable! empechons ceci. Cela ne vaut rien pour un homme ſur le quel le poiſon n'opère pas; il pourrait s'impatienter . . . . J'ai viſité par tout: je ne trouvé

plus

plus rien. Quil vienne maintenant quand
il voudra . . . . Ma foi, il faut etre bien
fou pour fe détruire foi même. La vie n'eft
elle pas affés courte? . . & encore n'en
pouvons nous compter tout au plus que la
moitié, car l'autre fe paffe en dormant. Je
ne conçois pas comment il peut y avoir des
hommes qui veulent abreger des jours que
la nature leur a difpenfés avec tant d'ava-
rice. Pour moi je penfe tout autrement,
quand le matin je me leve une heure plutôt qu'à mon ordinaire; je dis en moi mê-
mème, c'eft une heure que je gagne fur
la mort.

# Scene VI.
## Milfort, Belton.

Milfort. (hors de lui, Appercevant
Belton.

Sors & que perfonne n'entre içy. (Belton
fort en regardant Milfort.)

Milfort feul.

C'eft trop fouffrir, je n'y puis réfifter,
Faneli ne peut furvivre à mes forfaits. Elle
ne

ne pourra, & ne doit jamais me pardonner.
Je vois qu'un reste de pitié force Norton à
vouloir me rendre la tranquillité . . . . mais
j'ai perdu son éstime. Sophie ne peut que
maudire l'instant ou elle m'a connu . . . ,
Que me reste t'il? . . . . la mort . . . . .
Que fais tu malhereux? tu apelle le trépas,
& tu ne fremis point du souvenir que tu
vas laisser après toi? tu n'emporteras pour
regrét, que des cris de malédiction: on ne
pleurera point sur ta mort; on pleurera sur
les crimes de ta vie . . . . . ils sont horri-
bles . . . . . mourrons! trop heureux si la
fin de ma vie est aussi la fin de mes tourmens. (*il boit ce qui est dans le verre.*) . . .
. . . C'en est fait . . . . . ma derniere heure est prête à sonner. Je luttais contre le
courroux de ciel; je ne pouvais vivre malgré lui, & je lui abandonne un malheureux
qu'il a proscrit . . . . . . Que le peu de momens qui me restent seront encore longs à
passer! . . . . Que l'agonie d'un coupable
est terrible! Qu'il est cruél de dire je meurs
dans la fleur de mes ans; j'ai vécu à peine,
& j'ai trop vecu! . . . . . Dieu! Fanell! . . . .

H 5              Scene

## Scene VII.
### Milfort, Faneli, Norton.

#### Norton.

Milfort, tu connais ma franchise & ma droiture, je te regarderai comme un homme indigne, si tu persistes à te taire. Explique toi sur le sort de Faneli. J'aime mieux avoir à me repentir d'avoir trop fait, que de n'avoir pas fait assés. Il s'agit de secourir l'innocence opprimée. Quand je ne le devrais point à l'amitié, je le devrais à l'équité.

#### Faneli.

Hélas! mon cœur fut un instant ouvert à l'espérance. Si cette erreur fut douce elle dura bien peu. Le fardeau de mes ennuis que l'illusion avait soulevés un moment, est retombé tout entier sur mon cœur. Ah! Milfort, quelle est donc la douleur qui fait mourir, si la mienne vous laisse vivre encore?

#### Milfort.

O! Norton! vertueux Norton! respectable ami, qui rougis, sans doute, d'avoir été

le mien. Je suis criminel envers toi. Je te
fermai mon cœur; mais il etait si coupable,
pouvait il s'ouvrir devant toi? Ah! Norton!
si mon silence etait un outrage à ton amitié,
c'etait un hommage à ta vertu. Pardonne
à ton ami; plus il fut coupable & plus il
est à plaindre.

### Norton.

Je suis toujours ton ami, mais je ne suis
maintenant touché que des malheurs de Faneli: je veux la remettre dans les bras d'un
epoux; & tu la recevras de ma main.

### Faneli.

Mon cœur ne cessa jamais d'etre à vous
..... malgré moi, malgré vous même.
Tendre ou cruel, fidele ou ingrat; je le sens
vous serés toujours aimé! ah! je vous en ai
dejà dit assés, si vous êtes capable de repentir, & j'en ai trop dit si vous demeurés
inflexible.

### Milfort. *(tendrement.)*

Ah! Faneli, me pardonneras tu tout ce
que je t'ai fait souffrir?

Faneli.

### Faneli. (*vivement.*)

Si tu m'aimes encore, j'ai tout oublié:
je te revois; tout s'efface de ma memoire?
& ma joie n'est troublée que par l'accablement ou je te vois.

### Milfort. (*accablé.*)

Quoi! tu m'aimes encore? . . . . Norton, tu es toujours mon ami? . . . . Malheureux qu'ai-je fait! . . .

### Faneli.

Tes vœux semblent etre remplis & le
desespoir t'accable. Dis: qu'exiges tu de
plus? je suis prête encore à tout sacrifier
à ton repos.

### Milfort. (*à Faneli.*)

Quand je ne serai plus, loin de maudire
ma memoire, sois assés genereuse pour la
defendre. Que ta haine ne survive point
à ma mort.

### Faneli. (*effrayée.*)

Que dis tu? . . . . . ta raison s'egare.

Norton.

### Norton.

Dis moi donc; es tu fou?

### Milfort.

J'ai mis un terme a mes jours malheureux. J'avais merité ta haine par mes forfaits, & le poison te venge.

### Faneli, *(tombant dans un fauteuil.)*

Oh! Dieu!

### Norton.

Malheureux! qu'as tu fait? . . . . . il faut appeller du secours . . . Betsi . . . . Belton . . . . .

# Scene VIII.

## Milfort, Faneli, Norton, Betsi, Jenni.

*(Jenni court à Faneli & lui baise la main.)*

### Norton.

Vite: envoyés Belton qu'il cherche un Medecin. *(Betsi sort.)*

Milfort.

### Milfort.

Tous les fecours font inutiles: n'ayés aucune pitié d'un fcélerat qui fe detefte encore plus que la vie. (*Il tombe aux genoux de Faneli.*) Pardonne, Faneli: tous les maux que j'ai caufés n'egalent point ceux que je fouffre moi même. J'ai trahi, j'ai percé ton cœur: tu as tout perdu; mais ta vertu te refte. Tu vivras innocente, & je meurs criminel.

### Faneli.

Et c'eft là le dernier coup que tu me refervais? ah! fi ton cœur eut eu l'ombre de fincerité il aurait frémi & tu aurais abandonné ce barbare projet . . . . . je ne vivais que pour toi, je n'avais d'exiftance que par toi, ton amour faifait ma richeffe, mes titres, je n'ai plus rien en te perdant; & je ne te furvivrai pas.

### Milfort.

Le ciel veillera fur toi: il eft jufte . . . . . puisqu'il me punit. Il protegera ton innocence, il veillera fur tes jours . . . . . . (*à Jenni*) & toi même, ô Jenni! veille fans
. . . . . cesse

cesse auprès de ta malheureuse mere: repare auprès d'elle, par tes soins & par ton amour, l'injustice d'un pere coupable: elle conservera pour toi ses jours; rends les lui chers & fortunés. Aime la Jenni . . . . comme j'aurais du l'aimer.

### Jenni.

Oh! Papa, je vous le promets, j'aimerai toujours ma bonne maman.

### Faneli.

Que tu connais bien par ou il faut attaquer ce cœur qui n'a brulé que pour toi. Ah! Jenni, defends le tien, s'il se peut, contre les passions, contre l'amour sur tout. Si en te tonnant la vie, j'ai fait passer dans ton sein cette fievre brulante dont je suis devorée, qu'il te faudra de vertus pour l'etouffer.

## Scene derniere.
### Milfort, Norton, Faneli, Jenni, Belton, & Betsi.

### Belton.

Eh bien, pourquoi donc faire un medecin? y a t-il quelqu'un de malade?

### Norton.

### Norton.

Comment, Bourreau, tu n'es pas allé & revenu ?

### Belton.

Mais encore faut il savoir pour quel mal on va chercher le médecin, à fin qu'il apporte les remedes necessaires.

### Faneli.

Ah! Belton, ne perds pas un instant; tu as toujours aimé ton maitre, procure lui du secours il est empoisonné.

### Belton.

Bon, n'est ce que cela ? je le guerirai, moi.

### Norton.

Cet homme me fera perdre patience.

### Belton.

Oui, Monsieur; vous dités bien. Un peu de patience, & je suis sûr que mon reméde le guerira de tous ses maux.

### Milsort.

### Milfort.

Ah! Belton, tous les fecours de l'art ne peuvent plus rien fur moi.

### Faneli (*fondant en larmes.*)

Ah, Ciel!...

### Belton.

Ha, ha! vous auriés donc déja envie que ces fecours puiffent vous fauver?

### Norton. (*emporté.*)

Cefferas tu bientôt ton maudit verbiage?

### Belton.

Dités moi, Milord, n'auriés vous pas pris ce poifon dans un verre d'eau?

### Milfort.

Oui.

### Belton.

Bon!

### Norton.

Comment, bon?....

I                          Belton.

### Belton.

Ne le conferviés vous pas dans une petite phiole ?

### Milfort.

Oui. Mais à quoi aboutiffent toutes ces
quéftions ?

### Belton.

Tout cela eft néceffaire pour faire opé-
rer mon reméde.

### Norton. (*furieux.*)

Je n'y tiens plus.

### Belton.

Douçement donc, Monfieur; ne me donnés point de diftraction . . . . . cette petite
phiole n'était elle pas dans un de ces tiroirs ?

### Milfort. (*étonné.*)
Oui . . . . mais d'ou fais tu tout cela ?

### Belton.
Ne l'avés vous pas cachée bien vite quand
je fuis venu ?

Milfort.

### Milfort.

Oui . . . . .

### Belton.

Quand vous êtes rentré, n'avés vous pas avalé ce qu'était dans le verre sur votre bureau?

### Milfort. (*lui sautant au cou.*)

Ah! mon cher maitre, j'ai eu le bonheur de vous sauver la vie.

### Milfort.

Que dis tu, Belton?

### Faneli.

Qu' entens-je?

### Norton.

Explique nous tout ceçi, car je n'y comprens rien.

### Belton.

Quand vous m'envoyates chercher Milord pour venir au secours de Miladi, en en-

I 2                    trant

trant dans ſa chambre, je vis qu'il faiſait un mélange dans un verre: l'éſſroi qu'il eut de me voir, & les ſoins qu'il prit de cacher quelque choſe, me donnerent des ſoupçons: je le laiſſai partir, je viſitai le bureau, j'y trouve une petite phiole vuide. Les chagrins de Milord, ſon air interdit en me voyant, ce verre plein d'eau; cela m'affermit dans mes conjectures. Pour couper court; je jettai ce qu'il y avait dans le verre & le remis à ſa place, l'ayant rempli de bonne eau fraiche. C'eſt celle que vous avés bue & je vous aſſure que vous n'en aurés pas la Collique.

### Milfort.

Ah! Belton, tu me rends à mon épouſe, à mon ami. Que ne te dois-je pas! . . . .

### Belton.

Je le diſais bien qu'on eſt toujours faché quand la ſottiſe eſt faite.

### Faneli.

Ah! Belton, tu nous ſauve la vie à tous deux.

Milfort.

## Milfort. (*avec feu.*)

Chere Faneli, tous les momens de cette vie qui m'eſt rendue, te feront ſacrifiés. Puiſſe tu oublier tous les maux que je t'ai fait.

## Faneli.

Je croiais que la triſteſſe avait rendu pour jamais mon cœur inacceſſible au plaiſir . . . Ah! Milfort, je ne le ſens que plus vivement; & je vois bien qu'un inſtant de bonheur éfface dix années de triſteſſe. Mes forces que je croiais éteintes, je les ſens renaître tout d'un coup. Heureuſe d'aujourd'hui · ſeulement, je vois mes malheurs comme un ſonge depuis longtems évanoui.

## Milfort.

Dieu, qui m'as protégé par les mains de Belton, je ne mérite pas les biens que tu me fais . . . . . je juge du deſeſpeoir que la mort m'aurait cauſé, en me ſéparant de Faneli. Quel bonheur j'aurois perdu! . . . . . Ah! Norton, je ſens qu'elle eſt encore

I 3                    plus

plus chere à mon cœur . . . . . mais tu te
tais . . . . suis-je encore ton ami? L'amitié sera t - elle plus inflexible que l'a-
mour? . . . .

### Norton.

Je te pardonne. Mais n'y retourne plus.

### Milfort.

Ah! l'on ne sera peutêtre jamais aussi
malheureux que je le fus, on n'aura jamais mes peines. Mais aussi, l'on n'aura
jamais mes plaisirs. Norton, tu restera
avec nous. Tu aime la campagne, & si
Faneli y consent, nous irons à ma terre prés
d'Oxfort pour ne la plus quitter: toi, ma
femme, ma fille, & moi, nous serons tous
heureux.

### Norton.

Sais tu que tu risques beaucoup, de me
lier avec ton épouse: je n'ai pas oublié mon
inconnue. Plus elle aura gagné mon esti-
me & mon attachement, plus je serai pour
toi

toi févére, exigeant à fon égard, fi tu t'-a-vifais jamais . . . . .

## Milfort.

Ne crains rien ni pour toi, ni pour moi. Faneli m'a rendu fon cœur. Je réparerai mes fautes.

## Faneli.

Elles font toutes réparées. Regarde Jen-ni, c'eft à elle que je dois le retour de ton cœur, elle rempliffait ma place près de toi, & tu ne m'as jamais été tout à fait infidele.

## Milfort.

Belton, c'eft à toi que je dois mon bonheur préfent, tu m'as toujours bien fervi: il eft tems de faire le tien, & je ne puis choifir un inftant plus agréable . . . . tu dois connaître Betfi; elle eft jeune, aimable; fi elle veut t'époufer, je te la donne pour femme.

Belton,

### Belton.

Et croiés vous auſſi faire ſon bonheur en lui donnant un mari?

### Milfort.

Ce ſoin te regardera.

### Belton.

Eh bien qu'en dites vous, ma belle enfant? voulés vous risquer le paquet avec moi? . . . . vous ne répondés rien? . . . . c'eſt bon ſigne. Quand un ſille ne dit rien c'eſt qu'elle conſent . . . . mais parlés: on ne vous demande qu'un ſeul oui.

### Betſi.

Eh bien, oui . . . . l'interèt que tu as pris à ma maitreſſe, le ; égards que tu as eu pour elle & pour moi, tout ce qui s'eſt paſſé aujourd'hui, me donne bonne opinion de ton cœur, & je ne crains pas de te donner la main.

### Belton.

Ma foi, en voici bien plus que je n'attendais.

Milfort.

## Milfort.

Je te donne le château que tu viens de quitter. Les revenues qui en dépendent fuffient pour te faire vivre honnêtement ; ils font à toi. Je t'en donnerai la ceffion. Je me ferais une reproche de garder une maifon dans la quelle j'ai commis tant de cruautés.

## Faneli. (*attendrie.*)

Ah! Milfort!

## Belton.

Grand merci, mon cher maitre. Vas, ma chere Betfi, nous ferons retentir les échos du chateau par d'autres accens.

## Betfi.

Ah! tu n'aurais pas fi beau jeu avec moi.

## Jenni.

Mais moi, cher Papa, je refterai toujours avec ma chere maman, n'eft-ce pas?

Milfort.

## Milfort.

Oui, mon enfant. Nous ne nous quitterons plus.

## Jenni.

Baisés moi, ma chere Maman.

## Faneli.

Viens, ma chere fille.

## Norton.

Chacun de nous aujourd'hui à fait son devoir: mais que fait Sophie maintenant? Elle a remi Faneli dans les bras d'un époux. Je sens tout ce qu'il a du lui en couter. Cependant malgré qu'elle ait renoncée si génereusement à Milfort; il est essentiel de le mettre à l'abri des loix qui prononcent contre lui. Il serait même nécessaire qu'il se cachat pour quelque tems à leurs poursuites, aux quelles il ne peut se soustraire. Pendant ce tems, mon credit, les protections que je ferai agir, les mérites qu'il s'est acquis, le sauveront de la condamnation. De plus, une certaine idée qui me vient & que

je

je vous dirai en tems & lieu, ne gâtera rien à l'affaire. (*à Faneli*) Enfin j'espere le remettre bientôt entre vos bras, déliyré de tout ce qui pourrait porter atteinte à votre bonheur commun.

### Faneli.

Ami trop généreux.

### Milfort.

Ah! cher Norton, je m'abandonne à ton amitié.

### Norton.

La propofition que je vais vous faire vous étonnera, mais elle eft jufte. Faneli, vous n'avés plus à craindre de perdre le cœur de Milfort, & Sophie eft trop généreufe pour vous l'enlever une feconde fois. Qu'elle revienne parmis nous, je me charge de la ramener, & je réponds de fon bonheur comme du notre.

### Faneli.

Ah! qu'elle revienne, elle fera mon amie, & je ne cefferai d'etre la fienne.

Milfort.

## Milfort.

Non. Laisse Sophie dans la retraite ; je la connais, sa resolution prise une fois, elle n'en changera jamais. Tu m'apprens à etre au dessus de moimême. Je ne crains point de la revoir, & Milfort sera toujours ton époux. Mais je veux écarter tout ce qui pourrait te rapeller mes torts.

## Norton.

Crois moi, Milfort. Les passions peuvent beaucoup sur nous ; nous pouvons aussi quelque chose sur nos passions. Mon ami, nous sommes souvent plus ardens à déprimer la raison, qu'empressés à nous en servir. Milfort, j'en ai fait l'épreuve plus d'une fois ; la raison ressemble au corps humain que l'exercice rend plus robuste : qu'elle demeure oisive, elle sera impuissante. Souviens toi que la vertu ne se laisse posséder qu'à titre de conquête ; & oublie pour jamais les égaremens de l'amour.

## Fin.